음악이 흘렀다 헤세와 함께

헤
세　음
와　악
함　이
께　흘
　　러
　　다

초판 1쇄 인쇄　2021년 8월 12일
초판 1쇄 발행　2021년 8월 19일
—

지은이　이신구
펴낸이　이방원
편　집　정우경 · 김명희 · 안효희 · 정조연 · 송원빈 · 최선희 · 조상희
디자인　박혜옥 · 손경화 · 양혜진　　**영　업**　최성수
—

펴낸곳　세창미디어

신고번호 제2013-000003호　주소 03736 서울특별시 서대문구 경기대로 58 경기빌딩 602호

전화 723-8660　팩스 720-4579　이메일 edit@sechangpub.co.kr　홈페이지 http://www.sechangpub.co.kr

블로그 blog.naver.com/scpc1992　페이스북 fb.me/Sechangofficial　인스타그램 @sechang_official
—

ISBN　978-89-5586-688-9　03850

소나타로 읽는 헤세

헤세와 함께 음악이 흘렀다

이신구 지음

세창미디어
MEDIA

음악이 없는 우리의 삶을 과연 생각할 수 있을까! 만약 나에게서 혹은 음악을 좋아하는 사람에게서 바흐의 코랄이나 모차르트의 〈마술피리〉, 〈피가로의 결혼〉 중 아리아를 빼앗거나 금지하거나 혹은 기억에서 강제로 제거한다면 그것은 인체 한 기관의 상실이며, 감각의 반, 아니 그 전체의 상실과도 같을 것이다.

– 헤세

헤르만 헤세 작품은 국내에서 외국 문학 작품들 중에 가장 많이 번역되었고, 또 가장 많이 읽히고 있다. 사춘기 시절의 청소년들이 자신을 찾기 위해 끊임없이 방황할 때『데미안Demian』(1919)은 그들에게 예언의 책과도 같이 큰 위안을 주며 그들이 가야 할 길을 제시해 준다. 그리고『황야의 이리Der Steppenwolf』(1927)는 현대 문명을 비판하면서 자유롭게 사는 아웃사이더들에게 성서나 교과서가 되기도 했다. 정신을 추구하는 영적인 사람들에게『싯다르타Siddhartha』(1922)와『유리알 유희Das Glasperlenspiel』(1943)는 드높은 정신의 세계를 열어 주면서 새로운 시선으로 세상을 바라보게 한다. 헤세 영혼의 자서전인『나르치스와 골드문트Narziß und Goldmund』(1930)는 로고스를 추구하는 수도사 나르치스와 에로스를 추구하는 예술가 골드문트가 드높은 차원에서 하나 되는, '헤세의 가장 아름다운 책'이다. 그런 이유들로 헤세의 작품들은 인간의 영혼을 치유하면서 보다 높은 세계를 열어 주는 힐링 문학이라고 할 수 있다.

헤르만 헤세는 독일 남부의 소도시 칼브Calw에서 선교사의 아들로 태어났다. 인도어문학자인 외조부는 인도에서 기독교 전교의 선구자였고, 어머니는 인도에서 태어나 인도에서 교육을 받았으며, 아버지 역시 인도의 선교사로서 동양의 정신세계, 특히 노자에 깊은 관심을 갖고 있었다. 외조부와 아버지의 영향을 받아 헤세는 어렸을 때부터 동양을 제2의 고향이라고 할 만큼 동양에 대한 깊은 관심을 갖고 성장했다. 이 때문에, 헤세의 영혼에는 자연스럽게 동양과

들어가며

서양이라는 양극이 형성되었다.

어머니에게서 예술적 상상력을 이어받은 헤세는 어린 시절부터 시와 음악과 그림에 뛰어난 재능을 가진 환상적인 소년이었다. 시인이 아니면 아무것도 되고 싶지 않다던 어린 헤세가 거의 수도승만큼 엄격한 생활을 하는 신학교에 입학하면서 헤세 내면에는 종교적인 세계와 예술적인 세계 사이의 무서운 정신적 갈등이 시작되었다. 이처럼 서로 대립되는 두 세계의 갈등과 화해가 헤세 문학의 주요 주제가 된다.

자전적 요소가 짙은 헤세 소설은 대부분 주인공의 내적 성장을 통한 자기실현의 과정을 그린 발전 소설 혹은 교양 소설이며, 괴테의 교양 소설 『빌헬름 마이스터』를 이어받은 현대적 교양 소설의 면모를 보인다.

음악은 헤세의 신비를 열 수 있는 열쇠이다. 헤세 문학은 악보 없는 음악이라고 할 정도로 형식과 내용에서 음악으로 가득 차 있기 때문이다. 헤세는 글쓰기를 노래와 연주로 생각한 것이다. 그는 초기 소설 『페터 카멘친트Peter Camenzind』(1904)와 제1차 세계대전 이후의 중기 소설 『데미안』, 『싯다르타』, 『황야의 이리』, 『나르치스와 골드문트』를 고전주의 음악의 전형인 소나타 형식에 담아 연주했고, 자신의 모든 사상이 집약된 만년의 대작 『유리알 유희』는 서양 음악이 만들어 낸 최상의 것이며 가장 완벽하다고 강조한 푸가 예술에 담아 연주했다. 이 책에서는 헤세가 "성스러운 예술ars sacra"로 찬양한 음악을 통하여 헤세의 서정시뿐만 아니라, 특히 전형적인 교양 소설들을 새롭게 해석했다.

이 책은 필자 영혼의 고향인 헤세께 헌정하는 마음으로 그사이 발표한 원고들을 엮어 보완해 최종적으로 정리한 것이다. 최근에 오페라 작곡가인 지성호 교수가 『클래식 음악에서는 사람 냄새가 난다』를 출간했다. 대학 강의록을 엮어 출판한 그 책에서 지 교수는 "나의 고교 시절 '아이돌'은 당연 헤르만 헤세였고, 헤세에 관한 것이라면 모든 것을 읽었다"라고 했다. 지 교수는 2부 '음악과 사유'에서 '헤세 문학의 비밀'이라는 제목으로 필자가 분석한 음악적 내용을 소개했다. 지 교수는 수많은 문학 작품을 탐독한 독서가 슈만처럼, 숙련된 글솜씨를 지닌 음악 문인이다. 이 자리를 빌려 지 교수께 존경하는 마음을 담아 깊이 감사드린다.

끝으로, 이 책의 원고를 요청해 준 세창미디어 편집위원 원당희 선생님과, 이 책을 음악이 흐르는 공간으로 엮어 준 편집부 정조연 님, 정우경 님께 고마운 인사를 드린다.

2021년 7월 29일
이 신 구

들어가며

제 1 장

헤세와 음악

독일 현대 작가 중에서 헤르만 헤세Hermann Hesse와 토마스 만 Thomas Mann만큼 음악을 작품에 깊게 반영한 사람은 드물 것이다. 토마스 만은 자신의 모든 소설들을 하나의 교향곡이며 대위법으로 구성된 하나의 작품이라고 말한 바 있다. 헤세의 작품에도 언어뿐만 아니라 기법에서 음악의 정신이 깊이 흐르고 있어, 헤세 문학은 악보 없는 음악이라고 해도 과언이 아니다. 헤세의 서정시나 산문은 선율과 음향과 리듬으로 가득 차 있고, 그의 소설 역시 음악적 형식으로 구성되어 있다.

토마스 만처럼 헤세도 예술성을 모계母系로부터 이어받았다. 그는 어머니의 피아노 연주를 들으면서 성장했으며, 성가대원이었던

그림 1 헤르만 헤세Hermann Hesse(1877-1962)   그림 2 토마스 만Thomas Mann(1875-1955)

의붓형 테오도르Theodor Isenberg와 카를Karl Isenberg을 통해 바흐나 헨델
의 합창곡, 후고 볼프Hugo Wolf의 가곡, 그리고 하이든과 모차르트의
음악을 알게 되었다. 가정 음악과 교회 음악에서 출발한 헤세의 음
악 세계는 당대 유명한 음악가들과의 친교를 통해 보다 심화되었고
창작 세계의 주요 원천이 되었다. 특히 작곡가이며 지휘자이고 피
아니스트인 오트마르 쇠크Othmar Schoeck와의 친분은 토마스 만과 브
루노 발터Bruno Walter의 관계와 같이 그에게 중요한 창작의 계기가 되
었다. 오르간과 쳄발로 연주가인 조카 카를로 이젠베르크Carlo Isenberg
로부터는 음악사와 음악 이론, 특히 대위법 이론을 배워『유리알 유

제1장 헤세와 음악

희』창작에 많은 도움을 받기도 했다.

헤세의 음악 수용을 보면, 낭만주의 음악가인 쇼팽에서 출발하여 고전주의 음악가 모차르트에서 성숙되고, 바로크 음악가 바흐에서 그 절정을 이루고 있다. 낭만주의 음악가인 바그너와 구스타프 말러Gustav Mahler를 거쳐 표현주의의 선구자인 아르놀트 쇤베르크Arnold Schoenberg로 이어지는 토마스 만의 미래 지향적인 음악 수용과 비교할 때 헤세의 경우는 다분히 과거 지향적이다. 다시 말해서 헤세는 소나타 형식과 푸가 기법의 생명력인 조성調性과 화음을 강조하는 음악 보수주의자이고, 토마스 만은 바그너의 라이트모티프 Leitmotiv(유도 동기, 시도 동기)와 쇤베르크의 무조성無調性 12음 기법에 중점을 둔 음악 혁신주의자이다.

그림 3 프레데리크 프랑수아 쇼팽Frédéric François Chopin(1810-1849)

그림 4 볼프강 아마데우스 모차르트Wolfgang Amadeus Mozart (1756-1791)

그림 5 요한 제바스티안 바흐 Johann Sebastian Bach(1685-1750)

15

토마스 만이 바그너의 라이트모티프와 쇤베르크의 12음 기법을 창작에 적용한 것처럼, 헤세도 소나타 형식과 푸가 형식을 적용해 작품을 창작했다. 음악 전공자가 아닌 필자가 헤세 소설을 음악 기법적으로 분석하는 데는 한계가 있다. 그러나 헤세 문학을 또 다른 시각으로 볼 수 있다는 가능성을 제시했다는 데 의의를 찾을 수 있다. '예술을 통한 예술의 이해'라는 관점에서, 음악을 통한 헤세 문학의 이해는 헤세의 단일 사상에 보다 근본적으로 다가갈 수 있을 것이다.

1. 문학과 음악

'태초의 말씀'이라는 신학적 수수께끼를 괴테의 『파우스트』에서처럼 로고스Logos나 창조 행위로 풀 수 있고, 밀교적密敎的이고 다양한 의미를 지닌 노자老子의 도道로도 풀 수 있다. 다른 쪽으로는 '창조의 원음'이라는 불가사의하면서 신비한 힘을 가진 리듬으로도 풀 수 있다. 이 신비스러운 원음의 발현發顯이 대우주요, 작게는 소우주인 인간이다. 그리고 그 음이 인간의 정신 활동에 의해 개념화된 것이 바로 언어이다. 이때 언어는 단순한 의사소통의 기호가 아니라 음이 내재된 마술어이므로 인간 영혼의 본질과 우주의 신비를 파악할 수 있는 '암호 해독' 열쇠가 된다. 그러므로 음과 언어에 예술 형식을 부여한 음악과 문학은 원초적으로 친화력을 갖는 '신성화된 두 거대한 실체'라고 할 수 있다. 독일의 대표적인 낭만주의 시인 노발리스 Novalis도 음악, 시, 조형 예술은 동의어라고 했다. 시 속에 음악이 흐르고, 음악 속에 시가 써지며, 조형 예술 속에 음악이 흐르고 시가 써진다는 그의 융합적 사고는 여기서 비롯된다.

미국의 저명한 비교문학자로 '말과 음악' 연구 분야의 권위자인 셰어Steven Paul Scher는 문학과 음악의 운명적 친화력에서 비롯되는 다양한 관계를 세 가지 범주, 즉 첫째 '음악과 문학', 둘째 '음악 속의 문학', 셋째 '문학 속의 음악'으로 구분해 놓고 있다. '음악과 문학'은 두 세계가 하나의 예술 작품에 동시에 존재하는 경우, 즉 작곡과 문학 작품의 공존을 말한다. 성악의 전형적인 장르인 오페라, 가곡, 오라토리오, 칸타타 등이 여기에 속한다. '음악 속의 문학'은 음악의 문학화로, 절대 음악에 상반되는 표제 음악을 말한다. 문학 작품에서 영감을 얻어 작곡한 표제 음악으로 리스트의 〈파우스트 교향곡〉을 들수 있다. 〈파우스트 교향곡〉은 1악장 '파우스트', 2악장 '그레첸', 3악장 '메피스토펠레스'라는 제목이 붙어 있다. 니체의 산문시 『차라투스트라는 이렇게 말했다』를 표제로 삼아 작곡한 리하르트 슈트라우스의 교향시 〈차라투스트라는 이렇게 말했다〉도 그 예로 들 수 있다. 니체도 자신의 산문시 『차라투스트라는 이렇게 말했다』를 "새로운 리라Lyra"로 노래한 음악이라고 했다. 최근에 미국의 현대 작곡가 제임스 베켈James Beckel(1948-)이 헤세의 노벨상 수상 작품 『유리알 유희』를 주제로 작곡한 호른 협주곡 〈유리알 유희The Glass Bead Game〉도 여기에 속한다. 베켈은 이 곡을 1악장 '소명과 각성', 2악장 '야코부스 신부', 3악장 '명인의 대관식과 죽음'으로 구성하여 주인공인 명인 크네히트 삶의 중요한 단계를 표현하였다. 그는 이 작품으로 1997년 퓰리처상 후보에 지명되었다. '문학 속의 음악'은 문학의 음악화로, 음악적인 것이 단순히 작품에 존재하는 것이 아니라 언어를 통해서 혹은 문학적인 기법에 의해서 암시되고, 환기되고, 모방되는 것을 말한다. 문예학과 음악학의 이론과 실제가 다양하게 만날 수 있게 되는 곳은 바로 이 범주이며, 여기서 주로 연구의 대상이 되는 것은 문학 작품에 내재된 음악적 구조와 기법이다. 그러나 음악적 구조와 문학적 구조 사이의 단순한 외적 일치보다는 내적 연관 관계나 해석학적으로 해명될 수 있는 일치점이 문제가 된다.

헤세의 서정시와 소설은 위에서 언급한 세 범주 모두에 관련되어 있다. 헤세는 '시 짓는 것'을 연주와 노래로 이해하고 있기 때문에, 그의 서정시에는 음악성이 깊게 흐르고 있다. 헤세의 이러한 서정시에 매혹되어 많은 작곡가들이 그의 시에 곡을 붙였다. 헤세를 우리 시대의 훌륭한 '가곡 시인'이라고 말하는 것도 그런 이유에서 이다. 헤세 소설 역시 '산문 음악'이라고 할 정도로 음악의 정신이 깊이 흐르고 있다.

2. 헤세 문학과 음악

1) 서정시와 음악

"신은 세계를 음(소리와 음악)으로 창조했다." 그러므로 세계 내면에는 항상 음이 흐르고 있다. 신은 인간을 역시 음으로, 그리고 음 안에서 창조했다. 그러므로 태초에 인간은 음 안에서 산 것이다. 인간은 어머니 뱃속에서 어머니의 심장 소리를 원초의 음으로서, 호흡의 리듬을 근원적 생명 체험으로서 체득한다. 헤세 역시 자기 육체 안에서 '창조의 원초적 소리' 혹은 '음악의 원초적 음'이 항상 흐르고 있음을 감지했다.

나에게는 매 순간 핏속에 그리고 입술 위에 하나의 선율이 흐르고, 숨결과 생명의 박동 소리에는 하나의 박자와 리듬

이 흐른다.[1]

- 제3권, 『게르트루트』, 8쪽

헤세의 영혼에 흐르는 내면의 소리vox humana는 가장 근원적인 내적, 창조적 소리인 무지카 후마나musica humana[2]이다. 무지카 후마나는 음악과 시와 그림 이전의 세계로, 예감으로만 느낄 수 있는 신비로운 영역이며, 영원한 생성의 속성을 가진 태초의 영적인 원음이다. 그러므로 헤세의 창조적 세계 속에서 무지카 후마나는 언어에 음악을 불어넣어 석화石化되고 기계화된 언어를 음이 내재된 신비로운 정서의 언어로 승화시켜 준다. 헤세의 시어에 언어의 음악적인 요소, 즉 언어 내적인 리듬의 신비가 깃들어 있다는 것과 그의 언어가 곧 음악이라는 것은 여기에서 비롯된다.

1 이 책에 인용된 헤세 작품은 대부분 『헤세 전집』(Hermann Hesse, *Gesammelte Werke*, 12 Bde., Frankfurt a. M. 1970)을 저본으로 직접 번역한 것이다. 이하 『헤세 전집』의 인용에는 권수와 쪽수만 표기하고 필요한 경우 작품명을 병기하였다. 다른 사람의 번역이나 기타 원서를 인용한 경우에는 각주에 출처를 명시하였다.

2 로마 시대의 철학자이며 음악 이론가인 보에티우스(Boethius)는 음악을 세 가지 유형, 즉 우주 음악(musica mundana), 인체 음악(musica humana), 악기 음악(musica instrumentalis)으로 분류했다. 우주 음악은 우주 혹은 자연 질서의 하모니를 말하고, 인체 음악은 소우주인 인간의 육체와 영혼의 하모니 혹은 인체 속에 흐르는 리듬을 말한다. 악기 음악은 악기로 연주되는 음악으로, 기악곡뿐만 아니라 성악곡도 여기에 속한다. 인간의 목소리는 가장 기본적이면서 가장 고상한 악기이기 때문이다.

헤세는 시를 흐르는 선율처럼 썼다. 초기 서정시, 특히 시집 『낭만의 노래Romantische Lieder』와 『시집Gedichte』에 흐르는 선율적인 것, 공간적인 화음, 부드러운 리듬, 민요적인 소박성은 낭만주의 음악가 쇼팽, 슈만, 슈베르트, 볼프 음악에 흐르는 분위기와 일치한다. 헤세에게 시와 음악은 단일의 양극인 것이다. 그리고 음이 언어화된 헤세의 서정시를 다시 음으로 옮긴 많은 작곡가가 있다. 널리 알려진 가곡으로는 리하르트 슈트라우스의 〈네 개의 마지막 노래Vier letzte Lieder〉가 있다. 이 중 3곡, '봄', '9월', '잠이 들 때'는 헤세 시이고, 마지막 한 곡 '저녁놀'은 아이헨도르프의 시이다. 이 가곡은 독창과 관현악을 위한 걸작으로 슈트라우스의 마지막 작품이다. 이 곡은 푸르트뱅글러가 초연을 지휘했고, 세계적인 정상급 소프라노들이 즐겨 부르는 노래이다. 역시 작곡가이면서 지휘자인 안드레아에Volkmar Andreae도 〈헤세 시에 의한 네 개의 노래〉를 작곡했다. 헤세는 자기 시를 작곡한 음악가 중에 쇠크를 가장 좋아했다. 쇠크는 〈헤세 시에 의한 열 개의 노래〉 이외에도 여러 시에 곡을 붙였다. 헤세는 쇠크를 금세기 최고의 가곡 작곡가로 보고, 슈베르트와 볼프 다음으로 독일 가곡을 이어받았다고 보았다. 헤세는 독주 악기인 기타에서부터, 관현악으로 자기 시에 곡을 붙인 가곡을 그 당시 2,000곡 정도 받았다고 했다. 명실공히 헤세는 '가곡 시인'이다. 미국 시카고 루스

벨트 대학 음대 교수로 재직하고 있는 작곡가 최경미는 독일 사람뿐만 아니라 우리나라 사람들도 애송하는 헤세의 시「안개 속에서Im Nebel」를 텍스트로 〈바리톤 솔로와 작은 관현악을 위한 작품〉[3]을 작곡했다.

그림 6 **오트마르 쇠크**Othmar Schoeck(1886-1957)

이상도 해라, 안개 속을 거
니는 것은!
수풀이며 돌도 모두 외롭구나.
그 어떤 나무도 다른 나무를 보지 못하고,
제각기 혼자로구나.

내 인생 아직 밝았을 땐

---

3 이 곡은 실험적인 현대 음악을 연주하는 '일리노이 모던 앙상블(Illinois Modern Ensemble)'의 의뢰로 작곡한 음악으로, 작곡가의 부친인 고(故) 최순봉 교수(서울대 독문과 명예교수)께 헌정한 작품이다. 이 곡에서 최경미는 '시간적 공간'의 효과를 위해 여러 종류의 타악기들을 사용했다. 곡 끝의 타악기의 공간적 여운은 '어둠 속의 빛' 혹은 '구원'을 시사하고 있어 매우 인상적이다. (https://www.youtube.com/watch?v=XLAKTgBmD0M)

제1장 헤세와 음악

이 세상이 친구들로 가득 차 있었건만,

이제 안개 내리니

아무도 보이지 않는구나.

벗어날 길 없이, 그리고 은밀하게

친구들로부터 사람을 떼어 놓는 어둠,

정말이지 이 어둠 모르는 자

아무도 현명할 수 없지.

이상도 해라, 안개 속을 거니는 것은!

산다는 건 혼자 존재하는 것.

그 어떤 인간도 다른 인간을 알지 못하고,

제각기 고독하구나.[4]

-「안개 속에서」 전문

헤세처럼 음악, 시, 그림의 세계를 넘나드는 현대 작곡가 최경

---

4 번역된 이 시는 고 최순봉 교수의 동료인 안삼환 교수가 『한국 교양인을 위한 새 독일문학
사』(세창출판사, 2016)에 실은 시를 그대로 옮겼다.

미는 고독한 현대인 내면의 노래를 소리의 예술로 표현한 소리의 시
인이다.

중기 서정시, 특히 시집 『화가의 시*Gedichte des Malers*』와, 헤세 삶
의 극단적 위기가 잘 나타나 있는 자서전적 시집인 『위기*Krisis*』에는
화가 클링조르*Klingsor*의 영혼에 흐르는 도취적 몰락의 음악과, 하리
할러의 '이리 인간'적인 열정과 감각성에서 오는 불협화음이 흐르고
있다. 두 시집에 나타난 도취, 동경, 고뇌, 죽음은 바그너적이기 때
문에, 니체의 디오니소스적 화성과 일치한다고 하겠다. 특히 『위기』
는 재즈 음악가들에게 큰 관심의 대상이 되었고, 최근에는 젊은 작
곡가에 의해 비트가 강한 '하드 록'으로 작곡되기도 했다. 아마 『위
기』의 시들이 "너무 오랫동안 억눌러 거친 욕망이 되어 버린 열정,
고뇌의 절규가 된 동경, 자기 학대가 된 자기 불만족, 삶에 대한 사
랑과 증오, 죽음에 대한 강한 욕망을 너무도 솔직하게 분출하고 있
다"라는 점이 '폭발하는 젊음의 미학'이라고 하는 록 음악과 일치하
기 때문일 것이다.

불협화음이 흐르는 헤세 영혼은 모차르트와 바흐의 음악*musica
instrumentalis*을 통해 우주 음악*musica mundana*, 즉 신의 음악을 듣게 된다.
이로 인해 후기 서정시는 좀 더 높은 곳에서 비추는 빛의 밝음과 미
소 짓는 신의 광채로 충만해 있다. 후기 시 중에 「바흐의 토카타에

붙여Zu einer Toccata von Bach」는 "창조, 생명의 발전, 세계의 내적 연관 관계 그 모든 것이 음악적인 흐름 속에 비유적으로 나타나고 있다." 그리고 헤세의 음악적 신앙 고백이라고 할 수 있는 「파이프 오르간 연주Orgelspiel」는 음악의 신적 의미에 대한 믿음을 노래한 웅장한 종교시이다. 이 시에서 헤세는 음악을 '우주 질서의 총체'로 이해하고 있다는 것과, 이로 인해 음악을 '성스러운 예술ars sacra'로 찬양하고 있다는 것을 감지할 수 있다. 헤세는 성스러운 음악, 특히 토카타와 푸가 음악에 내재된 아름다움의 신비를 노래한다.

> 그리고 깊은 어둠 속에서
> 성스러운 흐름이 영원히 흐르며,
> 가끔 성스러운 음이 깊은 곳에서 불꽃처럼 번쩍인다.
> 그 음을 듣는 사람은 신비가 숨겨져 있다는 것을 느끼고,
> 순간 신비가 달아나고 있는 것을 보고,
> 향수에 불타 신비를 잡으려고 한다.
> 왜냐하면 그는 아름다움을 예감하기 때문이다.[5]
>
> ─「파이프 오르간 연주」부분

5 Hermann Hesse, *Die Gedichte*, Bd. 2, Frankfurt a. M. 1977, S. 651.

이 시에 내재된 성스러운 예술, 아름다움의 신비는 유리알 유희의 본질이므로, 이 시는 헤세 만년의 대작인 『유리알 유희』의 서시가 된다. 그리고 시가 음악일 수 있는 가장 아름다운 예가 바로 이 시이기도 하다.

2) 음악에서 서정시로

시어에 내재된 음악적 요소 외에 음악이 직접 관련된 헤세 서정시가 있다. 음악에서 얻은 심상을 시화한 서정시로는 「화려한 왈츠」, 「대왈츠」, 「자장가」, 「야상곡」, 「일요일 오후의 마술피리」, 「마술피리 입장권을 갖고서」, 「바흐의 토카타에 붙여」 등이 있다. 모차르트의 오보에 4중주가 흐르는 「정원에서의 시간」은 6운각의 헥사메터Hexameter로 『유리알 유희』의 서시가 된다.

그 박자에서 지치지 않은 기억이
다시금 되살아 나온다.
하나의 음악, 그 곡과 작곡자의 이름을 모르는 채,
나는 그 음악을 흥얼거린다.
그때 갑자기 나는 알게 된다,

모차르트의 오보에 4중주라는 것을.

그리고 벌써 몇 년 전부러 마음을 기울여 온 사고의 유희를

지금 마음속에서 시작한다.

유리알 유희라고 하는 멋진 착상,

그 구조는 음악이요,

그 근본은 명상이다.

요제프 크네히트는

이 아름다운 상상으로 알게 된 명인.

즐거움의 시간에는

그것은 나에게 유희이고 행복이며,

괴로움과 혼란의 시간에는

그것은 나에게 위로요 상념이니,

여기 모닥불 곁에서 체를 치며,

나는 종종 연주한다, 유리알 유희를.[6]

-「정원에서의 시간」부분

---

6 Hermann Hesse, *Materialien zu Hermann Hesses Das Glasperlenspiel*, Bd. 1, Hrsg. v.
Volker Michels, Frankfurt a. M. 1977, S. 124.

악기가 제목이 된 시로는 「나의 바이올린」, 「정원 안의 바이올린」, 「오르간 연주」 그리고 「플루트 연주Flötenspiel」가 있다. 헤세는 「플루트 연주」의 마지막 연이 음악의 본질에 대해 수년 동안 사색한 최종 결과라고 말했다.

밤에 수풀과 수목 사이에 있는 집 한 채
창 하나 희미하게 빛나고 있고,
그곳 보이지 않는 공간에서
플루트 연주자 한 사람이 서서 플루트를 불고 있었다.

그것은 옛날부터 잘 알려진 노래로,
밤 속으로 매우 즐겁게 흘러갔다.
마치 모든 땅이 고향인 것처럼,
마치 모든 길이 완성된 것처럼.

그것은 그의 호흡 속에 계시된
세계의 신비스러운 의미였으니,
기꺼이 마음을 다해 헌신했고,
그리고 모든 시간은 현재가 되었다.[7]

헤세는 음악의 본질이 순수한 현재라는 것을 인식하기 위해 60년 이라는 세월이 필요했다. 후기 산문 「행복」에서도 헤세는 음악을 '순수하고 완전한 현재'라고 했다.

> 오늘 나는 행복이라는 말에서 지극히 어떤 객관적인 것을 이해했다. 즉 전체성 그 자체, 시간성 없는 존재, 세계의 영원한 음악, 다른 사람들이 우주의 조화, 혹은 신의 웃음이라고 말하는 것을 이해했다. 이러한 총체, 이러한 무한한 음악, 음으로 충만하면서 황금빛 찬란한 영원성은 순수하고 완전한 현재로 시간도 역사도 그 이전도 그 이후도 모른다. … 삶은 영원히 음악을 연주하고 영원히 윤무를 춘다.
>
> — 제8권, 485-486쪽

그리고 시집 『위기』에 수록된 「선망」은 재즈 밴드에서 색소폰을 연주해 광란의 음에 도취되어 태양신 발Baal에게 희생 제물이 되고

---

7 Hermann Hesse, *Die Gedichte*, Bd. 2, S. 673.

싶다는 헤세의 정신적 위기를 불협화음의 조성으로 노래한 시이다. 음악가가 제목이 된 시는 「쇼팽」, 「일로나 두리고[8]를 위하여」, 바이올린의 대가 사라사테의 연주회 느낌을 표현한 「사라사테」 등이 있다. 그리고 음악의 장르에서 비롯된 시로는 「교향곡」, 「협주곡」, 「가보트」, 「트리오 음악Dreistimmige Musik」이 있다. 특히 「트리오 음악」은 무곡의 성격을 띤, 세 소리의 아름다운 화음에서 얻은 심상을 시로 표현한 멋진 음악 서정시이다.

어느 한 소리가 밤에 노래한다.
그를 불안하게 하는 밤,
그의 두려움과 용기를 노래한다.
노래는 밤을 제압한다.
노래는 좋은 것.
두 번째 소리가 나타나 함께 걸으며,
첫 번째 소리와 보조를 맞춰
그에게 대답하고 그리고 웃는다.
왜냐하면 밤에 둘이 노래하는 것은 즐겁기 때문이다.

---

8 헤세 시에 곡을 붙인 쇠크의 가곡을 처음 부른 성악가.

세 번째 소리가 갑자기 나타나

춤을 추며 밤에 함께 줄지어 걸어간다.

그리고 셋은 별빛이 되어

마술을 연출한다.

서로 잡고, 서로 놓아주고,

서로 피하고, 서로 붙잡는다.

밤에 노래하는 것은 사랑을 불러일으키고

기쁨을 만들기 때문이다.

마술로 총총한 별들을 불러내고

그 안에서 하나는 다른 하나를 잡고,

서로 보여 주고, 서로 숨고,

서로 위로하고, 서로 놀리며…

네가 없다면, 내가 없다면, 네가 없다면

밤과 세상은 두려움이어라.[9]

−「트리오 음악」전문

이 외에도 음이 지닌 마력을 노래한 시로「잠 못 이룸」,「늦여름」

---

9   Hermann Hesse, *Die Gedichte*, Bd. 1, S. 626.

이 있고, 「바람이 모래에 쓴 것In Sand geschrieben」은 생성되는 순간 사라져 버리는 아름다움을 지닌 음의 본질을 노래했다.

제1차 세계대전 때의 시집 『고독한 사람의 음악Musik des Einsamen』에 수록되어 있는 「장엄한 저녁 음악Feierliche Abendmusik」은 음악의 빠르기인 「알레그로」, 「안단테」, 「아다지오」라는 3편의 연작시 형식으로 구성되어 있다. 여기서 헤세는 삶의 좌절과 구원을 3악장으로 구성해서 언어로 연주했다. 먼저 1악장에서는 쾌활, 생동, 흥분 등을 나타낼 때 사용하는 '알레그로'로 고향 상실에서 오는 파토스적인 절망의 상태를 연주한다.

구름이 흩어진다.
…
낯선 땅이 나를 감싸고,
운명의 강한 파도에 밀려
나는 고향으로부터 멀리 표류한다.
구름을 몰아내라 뜨거운 바람아,
장막을 걷어 내라,
빛이 절망에 빠진 나의 길 위에 비추도록!

– 제1권, 「알레그로」 부분, 50쪽

다음으로 2악장은 좀 가라앉은 상태를 나타낼 때 사용하는 '안단테'로 심장의 고동 소리에서 우주 질서의 내밀한 음을 예감하고 있다.

성스러운 질서,
그 천공이 내 위에도 펼쳐지고,
그 내밀한 음이
성좌들의 운행에서 울리는 것같이
내 심장 박동의 박자에서도 울린다.

– 제1권, 「안단테」 부분, 51쪽

『게르트루트』에서도, 심장의 박동 소리에서 신비스러운 화음을 지닌 우주의 구조와 모든 생명의 총체를 들을 수 있는 것이 음악가 쿤Kuhn의 "가장 깊고 빛나는 황금빛 꿈"이라고 했다.

3악장은 침착과 안정과 평화스러운 마음의 상태를 나타낼 때 사용하는 '아다지오'로 나 속의 세계와 나 밖의 세계가 구별이 없어지고 세계와 내가 하나가 되는 상태, 즉 인체 음악과 우주 음악, 소우주와 대우주가 하나가 되는 종교의 경지를 연주하고 있다.

내 내부와 외부의 세계가 구별이 없어지고,

세계와 내가 하나 된다.

구름이 내 심장에 스며들고,

숲은 내 꿈을 꾼다.

집과 나무가 나에게

어린 시절의 서로 잊었던 전설을 말해 준다.

강물은 내 안에서 메아리치고 좁은 골짜기는 그림자를 드

리운다.

달과 희미한 별은 나의 친한 놀이동무가 된다.

그러나 온화한 밤,

부드러운 구름을 이끌고 나를 굽어보는 밤은

내 어머니의 얼굴을 하고

무한한 사랑으로 웃으며 내게 입 맞추며

그 옛날과 같이 어머니의 사랑스러운 머리를 꿈꾸듯 흔든다.

그러면 어머니의 머리카락들은 세계로 나부끼어

그 속에서 수많은 별들이 희미하게 반짝이며 떨고 있다.

- 제1권, 「아다지오」 부분, 53-54쪽

음악의 빠르기로 비유된 영적인 흐름이 현실의 단계인 파토스

에서 점점 헤세의 단일 사상을 상징하는 종교의 단계, 즉 고요함과 신비의 단계로 넘어가는 것을 감지할 수 있다.

그런가 하면 『유리알 유희』에 수록되어 있는 「단계Stufen」라는 시는 음악 그 자체라고 할 수 있다. 다시 말해서 음악이 지니는 모든 의미와 상징을 시화한 음악시이다. 인간은 완성으로 향하는 도정道程이기 때문에 끊임없는 이별과 새로운 시작을 준비해야 한다는 이 시는, 바로 음악의 본질을 파고드는 것이다.

모든 꽃이 시들고 모든 청춘이 나이에 굴하듯이,
삶의 모든 단계도, 모든 지혜도, 모든 미덕도
그 때에 따라 꽃이 피어날 뿐 영원히 계속되지는 못한다.
삶의 부름이 있을 때마다
마음은 용감히 슬퍼하지 않고
다른 새로운 구속을 위하여
이별과 새로운 시작을 준비해야만 한다.
모든 출발에는 마술이 깃들어 있어
우리를 보호하고 우리가 사는 것을 도와준다.

우리는 명랑하게 공간과 공간을 지나가야만 한다.

어느 곳에서도 고향처럼 매달려서는 안 된다.

세계정신은 우리를 구속하거나 제약하지 않으려 하며

우리를 한 단계 한 단계 높여 주고 넓혀 주려 한다.

우리는 어느 한 삶의 테두리에 고향처럼 아늑하게 안주하

자마자,

무기력함이 위협한다.

오로지 여행을 시작할 준비가 되어 있는 사람만이

우리를 마비시키고 있는 일상에서 벗어날 수 있다.

아마도 죽음의 시간에도 우리를 새로운 공간으로

젊게 보낼 것이니,

우리에게 삶의 부름은 결코 끝이 없으리…

그러니, 마음이여, 이별하라, 그리고 건강하여라!

– 제9권, 「단계」 전문, 483-484쪽

    인간이 형성 속에 있는 역사적인 존재인 것처럼, 음악도 변화
와 과정이며 과거와 미래와의 순간의 조화인 동시에 형성 속에 있
으면서 항상 깨어 있는 영원한 현재이다. 그리고 음악은 각 동기와
각 주제 간의 갈등과 조화라는 변증법적 발전을 하면서 수많은 공간

              제1장 헤세와 음악

과 시간을 남기며, 동시에 정신과 의미를 전하면서 용감하고 명랑하게 끊임없이 전진한다. 「단계」는 바로 이러한 음악의 정신을 비유한 시이다. 헤세도 이 시의 기본 사상은 음악에서 왔고, 이 시에 깃들어 있는 아름다운 음악적 비유와 정신은 자신의 마음속에서 항상 깨우침과 경고와 삶의 부르심이 되었다고 했다. 온 세계인이 애송하고 있는 이 시는 헤세가 언급했듯이 '시를 짓는 것'은 '음악을 연주하는 것'이라는 가장 좋은 예이다.

3) 소설 속의 음악

헤세가 자신의 소설에서 시도한 것은 정신적인 세계와 자연적인 세계, 남성적인 세계와 여성적인 세계가 공존하는 이중의 얼굴을 표현하는 것이다. 헤세는 이러한 이중의 얼굴을 표현하기에 가장 적합한 예술을 음악이라 여겼다. 음악은 투쟁하는 두 요소를 화해시켜 드높은 차원에서 합일시킬 수 있는 마법의 언어이면서, 신의 정신을 전해 주는 가장 질서 정연한 정신의 언어, 즉 마술과 로고스의 결합이라 생각했기 때문이다. 헤세는 이러한 세계를 언어로 표현한다는 것은 불가능하다고 보았다. 기계화되고 순수성을 잃은 현실의 언어에서는 본래의 마력을 기대할 수 없고, 원초적 힘의 본질인 마법을 가장 많이 지닌 음악만이 가능하다고 본 것이다. 그래서 혜세는 인간의 영혼에 흐르는 두 선율을 음악이라는 '마술 문자'로 표현하고 싶은 강한 의지를 표명한다.

내가 음악가라면 두 목소리로 된 하나의 선율, 두 보선譜線으로 된 하나의 선율, 즉 두 음조音調와 두 악보에서 서로 통하고 보충하고 갈등을 일으키고 제한하지만, 보표상의 각 지점에서 매 순간 가장 밀접하면서 가장 생동감 있는 상호작용과 대립 관계에 있는 하나의 선율을 어려움 없이 쓸 수 있을 것이다. 그 악보를 볼 줄 아는 사람이라면 내 이중의 선율을 읽어 낼 수 있을 것이며, 각 음에 항상 대위음對位音, 형제, 적, 대척자對蹠者를 보고 들을 것이다. 나는 지금 막 이러한 두 목소리, 그리고 영원히 싸우는 반대 명제, 이러한 이중의 보표를 나의 재료인 언어로 표현하고 싶어 뼈저리게 노력했으나 잘되지 않았다. 나는 항상 새로이 시도했지만, 그 작업에 아무리 긴장하고 노력해 보아도 그것은 어떤 불가능한 것에 대한 강한 노력이었고, 어떤 도달할 수 없는 것에 대한 거친 투쟁일 뿐이었다. 나는 이중성에 대해 표현하고 싶었으며, 선율과 대위선율이 끊임없이 동시에 드러나

고 다양성과 통일감, 익살과 신중이 끊임없이 대위되는 주
제와 글을 쓰고 싶었다. 왜냐하면 나에게 삶은 오로지 양극
사이의 흐름에서, 그리고 세계의 양쪽 기둥 사이의 왕래에
서 존재하기 때문이다. 나는 끊임없이 기쁜 마음으로 세계
의 황홀한 다양성을 보여 주고 싶었고, 이러한 다양성에는
단일함이 기초가 되고 있다는 것을 또한 끊임없이 상기시
켜 주고 싶었으며, 아름다움과 추함, 밝음과 어두움, 죄와
성스러움은 단지 일순간의 대립이며 항상 서로에게 옮겨
가게 된다는 것을 보여 주고 싶었다.

− 제7권, 「요양객」, 111–112쪽

헤세의 간절한 고백에서 알 수 있는 것처럼, 헤세 영혼에 흐르
는 두 선율은 항상 양극적이다. 현대 문명을 전적으로 거부하면서
과거로 도피해 바흐, 모차르트, 헨델에서 피난처를 발견한 헤세는
경박한 살롱 음악을 '현대 인간의 기발한 창조물'이라 하여 즐기고,
『황야의 이리』에서는 재즈 음악을 야만성과 관능미가 있다 하여 수
용한다. 이러한 양극적 사고는 헨델과 현대 음악가인 벨러 버르토
크Béla Bartók의 음악 수용에도 잘 나타나 있다.

헨델의 <2중 협주곡>과 버르토크의 <관현악을 위한 협주곡>. 두 세계와 두 시간이 서로 대립된다. 서로 낯설고 대립된 두 세계, 음과 양, 우주와 혼돈, 질서와 우연은 역량 있는 대가에 의해 표현된다. 헨델은 균형, 건축적 구성, 제어된 명랑함과 슬픔이 있으며, 투명하고 논리적이다. 그것은 인간이 신의 모습으로 지배하는 세계이며 기초가 확고한, 정확히 정중正中의 세계이다. 그 세계는 아름답고 빛나며 가장자리까지 기쁨으로 가득 차 있고, 대성당 안에 있는 화려한 자태를 뽐내는 장미 무늬 창과 같이, 혹은 만발한 연꽃 안에 있는 아시아의 만다라와 같이 한가운데에 있고 정돈되어 있다. 이 고상한 세계는 멀리 과거의 것이 되어 사라진 것이고, 잃어버린 낙원으로 다가가려는 애타는 그리움을 품고 우리와 다른 시간과 다른 세계에서부터 불러냈으니만큼 그 세계는 더욱 아름답고, 가치와 행복을 주며 수정같이 맑은 모범이 된다.

이와 반대되는 음악은 버르토크에 의한 현대 음악이다. 우주 대신 혼돈, 질서 대신 무질서, 명료한 윤곽 대신 자극적 음악의 흩어지는 파문, 건축과 제어된 흐름 대신 우연적 균형과 건축적 구성의 포기, 그러나 이 음악도 역시 대가적이

제1장 헤세와 음악

다. 역시 아름답고, 감동적이고, 웅대하고, 은총이 깃든 음악이다. 헨델이 별과 장미 무늬와 같이 아름답다면 버르토크는 초원으로 부는 여름 바람이 환상적인 총보總譜를 쓰는 은빛 글자와 같이 아름답고, 눈보라와 같이 그리고 황무지 위에 비치는 석양빛의 순간적이고 극적인 유희와 같이 아름다우며, 미소인지 흐느낌인지 모르는 살랑이는 바람과 같이 아름답다. 여행 중 낯선 도시, 낯선 방과 침대에서 첫날 아침에 막 눈을 떴을 때 느낄 수 있는 바람과 같이, 한 곳에서 다른 곳으로 쉴 새 없이 빠르게 불어 머무르기를 바라나 여유가 없는 바람과 같이 아름답다. 감각적으로 풍부하고 다채로우며 고통스러울 정도로 아름다운 이 음악은 논리 없이, 정체 상태 없이 한순간 아름답게 소멸해 가는 무상함을 웃으면서 흐느끼면서 분노하듯 연주한다. 그러므로 이 음악은 더욱 아름답다. 이 음악은 우리 시대의 음악이며 우리의 감정과 삶의 감각, 우리의 강함과 약함을 표현하고 있기 때문에 더욱 싫어할 수가 없다.[10]

10 Hermann Hesse, *Musik, Betrachtungen, Gedichte, Rezensionen und Briefe*, Hrsg. v. Volker Michels, Berlin 1984, S. 215-216.

당시의 유명한 바이올리니스트인 사라사테와 요아힘의 연주회에서 음악을 듣는 동안, 헤세 내면에는 대립된 두 사람이 존재한다. 파가니니에서 시작된 기교의 대가성을 따르는 세속적인 아이와, 이와 반대로 인기와 무관하면서 익명성과 경건성을 강조하는 순수 음악적인 노老 음악 애호가는 서로 이야기하면서 다툰다. 이러한 이율배반과 양극성이 헤세 삶의 노래이며 헤세 소설의 본질이기도 하다. 양극적이고 모순적인 요소, 즉 긍정과 부정, 어린아이와 노인, 빛과 어두움, 질서와 혼돈, 고통과 위안 사이의 불협화음과 협화음은 두 주제의 대립과 조화에서 오는 수직적 화성과 수평적 선율의 특징을 지니게 된다. 서로 다른 두 선율의 대위와 그 대위된 선율의 변증법적 발전이 푸가와 소나타 형식의 특징이다. 구약과 신약으로 비유할 만큼 중요한 음악의 이 두 형식이 헤세에게는 소설 창작의 중요한 기법이 된다.

제1장 헤세와 음악

제 2 장

헤세, 소나타로 읽기

소나타 형식은 제시부, 발전부, 재현부의 3부로 된 기악곡 최
상의 형식이다. 제시부에서는 상반된 두 주제가 제시된다. 대개 제
1주제가 남성적 으뜸조라면, 제2주제는 여성적 딸림조이다. 발전부
에서는 조성[11]이 계속 전조轉調되면서 그 바탕 위에 주제들이 때로는

---

11 조성은 특정한 음을 중심으로 질서와 통일을 갖는 현상이다. 예를 들어 '도'는 시작의 음
  이자 끝의 음, 즉 최종적인 휴식의 음이다. '도' 위의 3화음(도미솔)을 으뜸화음(I)이라고 한
  다. 여기서 '솔'은 '도'에서 가장 멀리 떨어져 있기 때문에 '도'에서 벗어나려는 힘이 가장
  강하다. '솔'이 으뜸화음에서 벗어나 '솔' 위의 3화음(솔시레)이 형성되면 그 화음(딸림화음)
  은 가장 활동적인 화음이 된다. 딸림화음(V)은 힘의 극치에서 곧 정적 화음인 으뜸화음으
  로 돌아온다. 왜냐하면 '솔'에서 가장 멀리 떨어져 있는 '레'는 다시 '도'로 되돌아오기 때
  문이다. 그러므로 조성은 단순히 음 자체의 성질이라기보다는 벗어나려는 마음과 돌아
  오려는 인간의 근원적인 마음을 표현하는 것이라 하겠다.

독립적으로 때로는 갈등과 조화를 통해 끊임없이 변형되며 발전해 나간다. 재현부에서는 두 주제가 조성의 여행을 마치고 원래의 으뜸조로 되돌아온다. 제시부는 신의 세계에서 이탈되어 내향성의 정신과 외향성의 자연이라는 거대한 원초적 두 힘이 출현하고, 발전부는 두 힘이 대립과 조화 속에서 발전해 나가는 것을, 재현부는 두 힘이 드높은 차원에서 하나로 조화되어 신의 세계로 다시 귀향하는 것을 비유하므로, 소나타 형식은 음양의 변증법적 순환 운동인 도道의 운동과 일치한다.

노자는 절대적이고 근원적 실체인 하나의 도에서 둘(음기陰氣와 양기陽氣)이 생기며, 이 상대적인 둘이 조화됨으로써 세 번째인 화합체가 생기고, 세 번째의 화합체에서 만물이 생긴다[12]고 했다. 그러므로 만물은 자체 속에 음과 양이 혼연일체가 된 화합체이다. 그러나 반대로 순환하여 복귀하는 것이 도의 활동[13]이라고 한 데서 볼 수 있듯이 현상계의 만물은 다시 근원인 도로 복귀된다.

그리고 소나타 형식은 헤세가 「신학 단상Ein Stückchen Theologie」에서 언급한 '인간 형성' 3단계와도 일치한다. 헤세는 인간의 정신적

---

12 『도덕경(道德經)』 42장. "道生一, 一生二, 二生三, 三生萬物. 萬物負陰而抱陽, 沖氣以爲和."
13 『도덕경』 40장. "反者, 道之動."

발전을 3단계로 나누고 있다. 첫 번째는 선과 악, 밝음과 어둠 등이 분리되지 않은 낙원의 상태인 '순수 단계', 두 번째는 선과 악, 밝음과 어둠 등의 대립된 두 세계가 투쟁하는 '죄의 단계', 세 번째는 선과 악 등의 모든 대립이 지양된 새로운 차원의 순수 단계, 즉 정신의 영역인 '신앙의 단계'이다. 여기서 신앙의 단계는 "우리가 우리 자신을 지배하는 것이 아니라 지배당하고 있다는 것, 우리의 인식 너머 신이 존재한다는 것"을 믿거나, 혹은 그 상태에 도달한 단계를 말한다. 노자의 도와 기독교에서의 은총, 그리고 인도 종교에서의 브라만은 바로 이러한 궁극적인 단계에서 비롯되는 종교적 체험이라고 헤세는 말하고 있다. 헤세에게 도나 은총이나 브라만은 완전히 같은 것으로 해석될 수 있는, 단지 다른 범주들일 따름이다.

헤세는 이러한 3단계 과정에 있는 인간을 상반되는 두 가지 유형으로 구분하고 있다. 이성을 통해 세계정신과 끊임없이 하나가 되려고 노력하는 발전 지향적 '이성형'과, 초이성적인 세계 질서에 대한 믿음을 갖고 항상 신과 자연에 대한 경외심을 갖는 '경건형'이다. 이성형은 세계를 이성화하고 체계에 몰두하지만, 경건형은 세계를 신화화神話化하고 신화에 몰두한다. 이성형이 교양과 지식을 사랑한다면 경건형은 자연과 예술을 사랑한다. 헤세는 "인간이 할 수 있는 최상의 정신적 체험은 이성과 경외심의 끊임없는 화해, 즉 그 위대한 대립을 서로 동등한 것으로 인식하는 것이다"라고 했다. 이 것이 헤세의 근본 사상인 단일 사상, 혹은 합일 사상이다.

헤세 소설의 주인공들은 모두 인간 형성 3단계 과정에서 양극을 자신 속에서 한 협주곡으로 승화시키려고 노력하는 정신적 인간이다. 따라서 교양 소설, 혹은 발전 소설의 성격을 띤 헤세 작품은 두 주제 간 변증법적 발전의 미학이라고 할 수 있는 3부로 된 소나타 형식이다.

이와 같이 도의 운동은 물론 인간 형성 3단계와도 일치하는 소나타 형식은 인류의 역사와 인간의 삶을 미학적으로 표현한 가장 모범적인 형식이라고 할 수 있다. 작곡가 패리H. Parry는 다음과 같이 강조했다.

소나타의 역사는 인간의 마음에서 생성되는 가장 근본적인 문제 중의 하나를 극복하려는 시도의 역사이며, 그 해결은 인간의 예술적 천성이 이룬 가장 성공적인 업적 중의 하나이다.[14]

---

14 Joseph Machlis, *The Enjoyment of Music, An Introduction to Perceptive Listening*, New York 1963, p. 270.

1. 신비로운 작은 소나타, 「아이리스」

헤세에게 현실은 자신을 짓누르는 '수레바퀴'였고, 전쟁과 퇴폐
속의 혼돈이었다. 헤세는 현실과 충돌하여 학창 시절에는 퇴학당하
기도 하고, 전시에는 조국의 배신자라는 낙인까지 찍히게 되었다.
그는 문명의 극단적인 아웃사이더가 되어 기계화된 세계 한가운데
를 떠도는 한 마리의 '이리'가 된다. 삶의 위기에 직면한 헤세는 혼돈
의 저쪽에 있는 초자연적인 동화의 세계에 눈을 돌리게 된다.

헤세는 자신의 일생을 간략하게 쓴 이력서(「약력Kurzgefaßter Leben-
slauf」)에서 다음과 같이 언급했다.

나는 나 자신의 삶도 역시 매우 자주, 그야말로 완전히 동
화처럼 생각된다는 것을 고백한다. 나는 외부 세계와 나의
내면세계가 마법적이라고 불러야만 하는 연관과 조화를 이
루고 있다는 것을 자주 보았고 느꼈다.
… 삶을 마법적으로 이해하는 것은 나에게 항상 친근하다.
나는 결코 현대인이 아니다. 귀중한 자아를 다시 세계 속에
매몰시켜 무상함을 직면하여 영원하고 초시간적인 질서 속
에 자신을 편입하는 과제를 펼칠 시기가 시작되었다.

헤세는 자신의 내면을 표현하는 방법을 동화와 음악에서 찾았다. 사람들이 언어를 남용하여 타락시켜 가고 있는 지금, '언어의 마력'은 상실되었지만, 음악만은 여전히 그 가지에 '낙원의 사과'가 영원히 열릴 수 있는 '생명의 나무'라고 생각했기 때문이다.

낭만주의 작가들은 언어와 음악을 동일시했다. 노발리스는 동화란 원래 꿈의 형상과 같이 경이로운 사물과 사건의 앙상블, 예를 들어 하프의 조화로운 연속적 음률 같은 음악적 상상이라고 했다. 그래서 "동화는 전적으로 음악적이어야 한다는 것이다." 노발리스의 대표적인 동화 소설 『하인리히 폰 오프터딩엔Heinrich von Ofterdingen』(우리나라에서는 『푸른 꽃』으로 출판)에는 그러한 생각이 잘 드러나 있다. 이 소설은 환상 교향곡이라고 해도 좋을 만큼 음악이 깊이 흐르고 있다. 프리츠 슈트리히Fritz Strich도 『독일 고전주의와 낭만주의』에서 낭만주의의 이상은 음악이라고 했다. 순수한 영혼의 언어인 음악 안에서 인간은 이성의 모든 요구로부터 자유로워지며, 외부 물질세계의 모든 한계에서 벗어날 수 있다. 시간과 공간의 제약을 받는 조형 예술과는 달리 음악 예술은 경험할 수 있는 현실 세계와 이성에서 자유롭기 때문에 '자유로운 환상의 법칙'이 지배한다. 그러므로 독일 낭만주의 언어는 음악으로 변형되어야 하고, 자유로운 환상과 꿈이 펼쳐지는 동화의 언어는 음악이 되어야 한다. 다시 말해 동화는 마법의 세계를 표현하는 악보가 된다.

「아이리스Iris」는 '낭만적 예술 동화'이다. 헤세가 "문학의 규범der Kanon der Poesie"이라고 하는 동화를 수단으로 인간의 내면에 깃든 무한한 동경을 음악적 형식으로 형상화한 작품이다. 헤세는 아이리스라는 꽃을 통해 동화와 음악을 표현하고 있으며, 그 꽃의 내면에 존재하는 생명과 사랑을 종교의 세계로 이끈다.

이 동화에서 상징과 모티프는 융C. G. Jung의 분석심리학의 영향을 받고 있다. 무의식이 흐르는 영상으로 보여지는 주인공의 꿈에는 융의 분석심리학적인 요소가 내재되어 있다. 그리고 주인공의 내면 깊은 곳에 잠겨 있는 기억들은 개인을 넘어서 융의 '원형적 무의식'을 보여 주고 있다. 여기에서는 꿈과 내면세계를 노발리스의 동화 이론으로 해석해 본다.

1) 길 안내자 노발리스

동화 연구가들이 정의한 동화의 개념을 종합하면 동화는 '마법', '기적', '초자연적인 것'을 수반하는 이야기의 예술 형태를 말한다.

노발리스는 "진정한 동화에서는 모든 것이 경이롭고 신비에 차 있어야 한다"라고 했다. 모든 것이 '태고 시대'처럼 살아 움직이면서 자연 전체는 기이하게 정신세계 전체와 섞여 있어야 한다는 것이다. 동화 속에서는 신과 인간, 인간과 자연이 신비롭게 하나가 된다. 이런 의미에서 동화는 자연과 정신의 종합이며, 이 종합의 계시이다.

노발리스가 "모든 동화는 어디에나 있으면서 어느 곳에도 없는, 고향과도 같은 세계에 대한 꿈일 뿐"이라고 규정하고 있듯이, 동화는 인간이 끊임없이 동경하는 고향이며, 인간이 잃어버린 낙원의 그림자이다. 그러므로 동화는 동경의 문학이다. 동화는 현재의 토대 위에 확고하게 서 있는 것이 아니라 회상과 예감 사이에서 왕래한다.

노발리스는 논리나 이성만으로는 알 수 없고 직관과 관조의 힘을 빌려야 이해할 수 있는 현상이 취급된 작품을 동화라고 규정했다. 근원적이고 초감각적인 세계는 논리나 이성으로 파악할 수 있는 것이 아니라 피히테Johann Gottlieb Fichte가 말한 것처럼 '지성적 관조' 혹은 '내면적 감각'으로 파악할 수 있는 세계라고 생각한 것이다.

동화 속에서 마술과 기적이 이루어지는 곳을 노발리스는 영혼의 세계, 즉 자기 내면으로 보고 있다.

제2장 헤세, 소나타로 읽기

우리는 우주 여행을 꿈꾼다. 그 우주는 우리 안에 있는 것
이 아닌가? 우리는 정신의 깊이를 알지 못한다. 신비로 가
득한 길은 내면으로 향한다. 우주와 함께 영원성은 우리 안
에 있지 어느 곳에도 없다.[15]

헤세를 내면의 길로 안내한 사람은 노발리스이며, 노발리스는
헤세를 마법의 세계로 이끈 가장 중요한 '길 안내자'이다. 그러므로
헤세는 노발리스의 영적 계승자라고 할 수 있다. 헤세는 노발리스
를 니체와 함께 독일 근대 정신사에 있어서 가장 고귀한 인물로 보
았고, 특히 순수한 낭만주의는 노발리스에게서만 찾았다.

헤세의 동화 「아이리스」는 노발리스의 작품과 많은 공통점을
가지고 있다. 주인공 안젤름이 푸른 아이리스 꽃을 찾아가는 것은
'푸른 꽃die blaue Blume'이라는 부제가 붙은 노발리스의 『하인리히 폰
오프터딩엔』을 연상케 한다. 노발리스가 『하인리히 폰 오프터딩엔』
에서 '푸른 꽃'에 대한 동경을 통해 낭만주의적 동경의 상징을 형상
화했다면, 헤세는 「아이리스」에서 아이리스 꽃을 통해 그의 근본적

---

15 Novalis, *Novalis Schriften*, Bd. 2, Hrsg. v. Hans-Joachim Mühl und Richard Samuel, Stuttgart 1977, S. 418.

신앙인 단일 사상을 노래했
다. 하인리히가 꿈에 본 푸른
꽃을 찾아 방랑하다가 마틸데
와의 사랑을 통해 결국 시인
으로서 완성된 경지에 이르는
것처럼, 안젤름도 아이리스
꽃과 연인 아이리스와의 사랑
을 통해 잃어버렸던 낙원의
세계를 되찾게 되면서 종교의
경지로 들어간다.

그림 7   노발리스Novalis(1772-1801, 본명은 프리드리
히 폰 하르덴베르크Friedrich von Hardenberg)

　　헤세는 노발리스의 『하인
리히 폰 오프터딩엔』을 그 어떤 세계사나 자연의 역사보다도 더 가
치 있는 교과서라고 생각했다. 그리고 『하인리히 폰 오프터딩엔』은
"한 영혼의 역사가 아니라 모든 영혼의 역사이기 때문에 시간을 초
월한다"라고 했다.

　2) 헤세 동화 속의 음악적 요소

　　헤세의 동화는 음악을 중요한 모티프로 삼고 있다. 초기 동화

　　　　　　　　　　　　　　제2장 헤세, 소나타로 읽기

「아우구스투스Augustus」에서, 노인이 가진 자그마한 오르골에서 흘러 나오는 아름답고 달콤한 음악은 오직 한 가지의 소원만을 들어주는 마력을 지니고 있다. 그 음악은 주인공의 삶에 결정적인 역할을 한다. 「시인Der Dichter」에서, 주인공은 중국의 시선詩仙이면서 현악기의 명인이다. 특히 헤세의 동화 중에 「피리의 꿈Flötentraum」과 「아이리스」 는 대표적인 음악 동화이다.

「피리의 꿈」의 어린 주인공은 오직 노래만 좋아한다. 소년은 늙은 아버지로부터 피리를 받아 들고 세상을 배우기 위해 고향을 떠난다. 숲과 초원이 그의 길을 따랐고, 나무들과 꽃들이 말을 건넸다. 그는 그들의 노래를 함께 불렀다. 주인공은 숲에서 어린 소녀 브리기테Brigitte를 만난다. 브리기테를 사랑하게 된 그 소년은 붉은 양귀비꽃과 햇살의 사랑, 그리고 방울새의 사랑을 노래해 주었다. 그리고 그는 생각한다.

이 세상의 수많은 노래, 즉 풀들과 꽃들 그리고 사람들과 구름들, 활엽수 숲과 소나무 숲, 또한 모든 동물들, 여기에 먼바다와 산들, 별들과 달의 노래, 그 모든 노래를 동시에 이해하고 노래할 수 있다면, 그리고 그 모든 노래를 나의 내면에서 동시에 울려 퍼지도록 노래할 수 있다면, 나는

사랑의 신이 될 것이고, 새로운 노래 하나하나는 별이 되어
하늘에 떠 있을 것이다.

- 제6권, 43쪽

브리기테와 이별한 후 어느 날 소년은 『싯다르타』의 바수데바
Vasudeva를 연상하게 하는 백발의 뱃사공을 만난다. 뱃사공은 강의
흐름을 노래했다. 밝고 명랑한 음조로 노래했던 소년과는 정반대로
뱃사공은 어둡고 거친 파괴자로서의 강을 노래했다. 뱃사공의 노래
는 악과 고통의 노래였지만 아름다웠고 감동적이었다. 소년과 노인
이 부른 삶과 죽음의 노래는 소나타의 두 주제처럼 정반대의 음조를
띠고 있다. 소년은 뱃사공이 부르는 죽음의 노래에서 이 세상의 궁
극적인 의미를 인식한다. 삶이 가장 아름답고 최상의 것이 아닌 것
처럼, 죽음 역시 마찬가지다. "죽음은 삶이며 삶은 죽음이다. 죽음
과 삶은 끊임없이 격렬한 사랑의 투쟁 속에서 서로 뒤엉켜 있는 것
이다."

소년이 늙은 뱃사공의 노를 잡는 순간 그 노인은 사라지고 소
년은 늙은 뱃사공이 된다. 소설 『싯다르타』의 서곡이라고 할 수 있
는 이 짧은 동화는 주인공이 '인간 형성'의 길을 걷고 있지만 '고향으
로의 귀환'이라는 재현부가 없기 때문에 소나타 형식이 아니다. "삶

은 되돌아가는 길이 없고 항상 앞으로만 나아가야 한다"라고 늙은 뱃사공이 말한 것처럼, 소년에게 고향은 되돌아갈 수 없는 과거의 꿈이다. 그 소년은 끊임없이 앞으로만 흐르는 어두운 강물의 흐름 속에서 어느새 노인이 된 것이다.

「아이리스」는 소나타 형식으로 구성된 헤세의 전형적인 음악 동화이다. 헤세는 「아이리스」를 색깔이 있는 언어로 연주했다.

3) 동화 소나티네

「아이리스」는 교양 소설 혹은 발전 소설의 성격을 지닌 예술 동화이다. 「아이리스」의 주인공 역시 헤세 소설의 보편적인 주인공들과 마찬가지로 인간 형성 3단계의 길을 걷고 있다. 인간 형성 3단계는 소나타 형식과 일치하므로 「아이리스」는 작은 소나타, 즉 전형적인 '동화 소나티네'라고 할 수 있다.

어머니가 가꾼 정원에서 놀면서 자연과 하나가 된 안젤름의 어린 시절은 헤세가 말한 인간 형성 첫 번째 단계이다. 앞에서 언급했듯이 이 단계는 선과 악이 분리되지 않은 낙원의 상태, 즉 '순수 단계'로 소나타 형식으로는 제시부에 해당된다. 이는 노발리스가 말한, '단순음Monotonie'이 지배하는 신화적, 종교적 '태고의 상태'와도 일치한다. 태고 시대는 정신과 자연이 분리되지 않은 상태를 의미한다.

어머니의 정원을 떠나 세상의 명예를 추구한 안젤름의 성년 시절은 인간 형성의 두 번째 단계인 '죄의 단계'이며, 소나타 형식의 발전부에 해당된다. 이 단계에서 인간은 그가 지니고 있는 근본적 성향인 원심력에 의해 태고의 상태에서 이탈하여 순수성을 잃고 죄의 길을 걷게 된다. 노발리스는 모든 인간과 사물은 일종의 원심적 성향을 지니고 있다고 했다.

결국 안젤름은 사랑을 통해 현실과의 부조화를 극복하고, 자기의 내면에서 어린 시절 낙원의 세계를 되찾게 되어 인간 형성의 세번째 단계인 '종교의 단계'로 넘어간다. 그는 '모든 것이 하나가 되는 마법의 길'로 들어선 것이다. 이는 소나타 형식의 재현부에 해당된다. 노발리스는 "단순음에서 조화의 음으로 이행하기 위해서는 반드시 불협화음을 거치게 되며 끝에는 오직 조화의 화성이 이루어진다"라고 했다. 노발리스가 말한 궁극적 조화의 화성은 사랑 안에서 자기와 우주가 조화롭게 하나가 되는 태고의 황금 시대를 말한다. 황금 시대는 우주의 이상적 형상을 일컫는 것이며, 단일함을 나타낸다.

소나타 형식에서 제1주제는 정적 화음인 으뜸조이지만 제2주제는 운동 성향이 강한 딸림조이다. 으뜸조와 딸림조는 중심에서 벗어나려는 원심력과 내면으로 들어가려는 구심력에서 비롯된다.

딸림조는 으뜸조에서 벗어나려 하는 강한 외향성의 힘을 지니고 있지만 그 힘의 극치점에서는 다시 으뜸조로 되돌아가려는 내향성의 힘을 지니게 된다. 삼원색 가운데 노랑은 빛을 외부로 발산하는 원심력을 지니고 있고, 파랑은 깊은 곳으로 들어가려는 구심력을 지니고 있다. 그래서 칸딘스키는 노랑과 파랑의 운동을 "위대한 대립"이라고 했다. 노랑이 전형적인 지상의 색이라면 파랑은 전형적인 천상의 색이며, 노랑이 육체적인 색이라면 파랑은 정신적인 색이다. 아이리스는 '노란' 꽃술을 가진 '푸른' 꽃이다. 두 대립된 세계를 지닌 아이리스는 헤세의 단일 사상을 상징하는 꽃이라고 하겠다. 주인공 안젤름은 아이리스를 통해서 대립된 두 세계가 천상의 화음을 이루는 종교의 경지로 들어가 자기완성을 노래하게 된다.

제시부 – 낙원에서의 인간과 자연의 조화

동화는 어느 봄날 어린 안젤름이 어머니가 가꾼 정원에서 뛰어노는 장면으로 시작된다.

안젤름은 어린 시절의 어느 봄날 초록빛 정원에서 뛰놀고 있었다.

– 제6권, 110쪽

프랜시스 베이컨은 태초에 전능한 신께서 정원을 만드셨고, 정원은 인간에게 가장 순수한 즐거움이었다고 했다. 인간이 정원을 가꾸는 것은 잃어버린 낙원을 다시 찾으려는 근원적 소망에서 비롯된 것이다. 어머니가 가꾼 초록빛 정원은 낙원의 상징적 공간이다. 창조주는 빛과 어둠을 분리하고 하늘과 땅을 창조한 후, 셋째 날에 땅을 초록빛으로 만들었다. 초록은 성장이고 희망이다. 초록은 봄마다 새로운 시작을 하는 생명체이다.

어머니가 가꾼 꽃들 중에 안젤름이 가장 좋아하는 꽃은 '노란' 꽃술을 가진 '푸른' 아이리스이다. 파랑은 유혹하고 사로잡으며 동시에 영원히 상실한 고향에 대한 가슴 아픈 동경을 불러일으키는 색이다. 파랑이 지닌 신비는 "끔찍하게도 도달하기 힘든 먼 곳"이다. 파랑의 정수는 원형적인 공간과 같으며, 밖으로는 무한한 우주 공간의 깊이와, 안으로는 잠재적으로 무한한 의식 공간과 동일하다. 그런 파랑의 무한성은 거대하고 근원을 알 수 없는 '매혹의 강'이다. 그러므로 파랑은 현실에서의 실현과는 거리가 먼 이념의 색이다. 오히려 파랑의 다성적 합창은 유희적이고 동화적이다.

아이리스는 내면세계의 상징적 구조를 보여 준다. 노란 꽃술 사이로 난 밝은 길은 그 꽃의 아득히 먼 푸른 신비 속으로 뻗어 있다. 그 신비스러운 길은 내면으로 향한다. 노랑은 빛, 사랑 그리고

제2장 헤세, 소나타로 읽기

기쁨의 색이다. 베드로에게 노란 앵초가 '천국의 열쇠'인 것처럼,[16] 안젤름에게 노란 꽃술을 가진 아이리스는 "마술적인 세계의 내면 공간으로 들어가는 문"이 된다. 노란 꽃술 뒤의 푸른 심연에는 그 꽃의 심장과 사상이 살아 있고, 밝고 투명한 길 위로 그 꽃의 호흡과 꿈이 드나들고 있다. 아이리스가 필 때, 최초의 꿈과 생각, 그리고 노래가 마술적인 심연에서부터 고요히 솟아오르게 된다. 여기에는 평범한 꽃이라도 사랑의 눈으로 보면 생명의 깊은 법칙과 우주를 발견할 수 있다는 낭만주의적 경건성이 깃들어 있다.

안젤름의 친구는 나비, 딱정벌레, 도마뱀이다. 이들은 소유의 대상이 아니라 존재로서의 친구이다. 양치식물은 큰 잎 아래 있는 갈색 씨를 살며시 보여 주었고 어린 안젤름은 여기서 우주적인 생명의 신비와 아름다움을 본다. 다시 말해 그의 영혼은 작은 자연에서도 생명과 영원성을 직관하는 노발리스의 낭만주의 정신을 지닌다. 햇빛에 반사되는 색색의 유리 조각들조차 안젤름에게는 왕궁이 되고 찬란한 보물 창고가 된다. 이러한 세계에서는 우정과 믿음이 사라지지 않는다. 이 세계는 인간과 자연이 마술적 화음을 이루는 낙

---

16 베드로가 열쇠를 땅에 떨어뜨린 자리에 노랑 앵초가 피어났다. 그래서 그 꽃은 '천국의 열쇠'라고 불리며, 천국의 문으로 들어가려면 노랑 앵초를 통해야만 한다.

원의 세계이다. 안젤름의 주위는 신비화된 세계라고 할 수 있다. 노발리스는 신비화 혹은 낭만화를 "통속적인 것에 고상한 뜻을, 일상적인 것에 신비로운 외양을, 낯익은 것에 낯선 품위를, 유한한 것에 무한한 가상을 부여한 것"이라고 했다.

어느 봄날 갑자기, 아이리스의 꽃줄기에서 푸른 꽃망울이 처음으로 보일 때 기적이 열린다. 모든 것이 아름답고, 모든 것이 안젤름을 환영하고 친구가 되어 왔지만, 어린 안젤름에게 가장 위대한 마술과 은총의 순간은 아이리스가 처음 필 때였다. 아이리스의 꽃을 바라보는 것은 꿈에서 본 '기적의 책'을 읽는 것과 같았다. 그에게 아이리스의 향기와 푸름은 신의 부르심이요, 우주의 신비를 인식할 수 있는 '창조의 열쇠'가 된다. 순수한 영혼으로 만나는 자연은 우주와 신의 세계를 여는 열쇠가 되는 것이다. 안젤름은 순수했던 시절, 항상 아이리스와 함께 시간을 보냈다. 아이리스는 해마다 새롭고 한층 더 신비롭고 감동적이었다. 아이리스는 "모든 생각할 가치가 있는 것과 경이로움의 상징이며 모범"이기 때문에 그는 어느 꽃들보다 특히 아이리스를 사랑했다. 그는 자신의 영혼과 아이리스를 신비와 수수께끼와 마술로 관찰하게 된다. 그 마술의 힘은 경이로움이 깃든 초현실적, 마성적 사건을 펼쳐 간다. 그가 꽃받침을 들여다보면서 밝은 꿈길을 따라 노란 꽃술 사이에 있는 꽃의 내면으로 침잠하면, 그의 영혼은 "현상이 수수께끼로 되고 보는 것이 예감으로 되는 문을 보게 된다." 안젤름이 밤에 꿈을 꿀 때 그 문은 꿈속에서 천궁으로 들어가는 문처럼 활짝 열린다. 그가 때로는 말을 타고, 때로는 백조를 타고 마법에 이끌리어 신성한 심연으로 들어가면 거기에서 모든 기다림이 실현되고 모든 예감이 진실이 된다. 즉 꿈이 현실 세계로 변형되고, 현실 세계는 시적 꿈으로 변형되어 현실과 꿈이 하나가 된다. 인간은 시적 꿈을 꾸면서 진정한 고향, 즉 초시간적이고 마법적인 신의 세계를 감지하게 되는 것이다. 그것은 "모든 동화는 어디에나 있으면서도 어느 곳에도 없는 고향과도 같은 세계에 대한 꿈"이라고 말했던 노발리스의 견해와 일맥상통한다. 꿈속에서 푸른 꽃을 보았던 하인리히도 자신의 동경이 이루어질 수 있다는 예감이 들었으며, 그 기대는 동화의 세계 속에서 실현되었다. 동화의 성격을 지닌 노발리스의 『하인리히 폰 오프터딩엔』 제1부는 '기대'이고 제2부는 '실현'이다. 헤세에게 꿈은 노발리스처럼 게시요 예언이다.

지상의 모든 현상은 하나의 상징이며, 모든 상징은 열린 문이다. 그 문을 통하여 영혼은 세계의 내면으로 들어갈 수 있다. 그리하여 영혼은 세계의 내면 깊은 곳에 있는 신적인 것과 하나가 된다. 거기에서는 너와 나, 그리고 밤과 낮이 모두 하나가 된다. 내면으로 통하는 그 문은 도처에 있으며, 모든 사람에게 열려 있다. 그리고 모든 사람은 눈에 보이는 모든 것이 하나의 상징이며 그 상징 뒤에는 정신과 영원한 생명이 살아 있다는 것을 예감한다. 그러나 극소수의 사람만이 그 문으로 들어가 예감으로만 느낀 내면의 실재를 인식할 수 있다.

아이리스의 꽃받침이 열려 어린 안젤름에게 무언의 질문을 하면 그의 영혼은 예감이 샘물처럼 솟아 기쁜 대답을 해 주었다. 안젤름은 꽃들과 함께 살며 꽃의 언어를 듣는다. 그리고 꽃들과 새들은 그에게 이야기해 준다. 나무와 샘물은 그의 말에 귀를 기울여 준다. 그는 풀, 돌, 동물은 물론 세계의 모든 것과 대화를 하고 놀았다. 내면의 세계로 향하는 상징의 문과 길을 통하여 영혼과 영혼이 서로 이어지는 것이다. 상징을 통해 자연은 인간 영혼의 세계로 들어오고, 인간의 영혼은 자연으로 흘러 들어간다. 그리하여 영혼은 자연화되고 자연은 영혼화되면서 하나가 된다. 안젤름은 자기 자신의 내면에 깊이 침잠할 때도 음과 색, 시각과 청각, 후각과 촉각, 후각과 미각, 다시 말해서 오감이 놀랄 정도로 가까이 함께 있으면서 서로 교감하고 하나가 되고 있다는 것을 느꼈다.

종종 안젤름은 눈과 귀, 후각과 촉각이 섬세하고 다양하게 연결되어 있다는 것을 느끼고 기뻐 놀라움에 빠졌다. 아름다운 찰나적 순간에 음색과 소리와 문자가 서로 비슷하고, 빨강과 파랑, 딱딱함과 부드러움이 같다는 것을 느꼈다. 혹은 풀이나 벗겨진 초록색 나무껍질 냄새를 맡으면서 후각과 미각이 기이할 정도로 매우 가까이에 함께 있으면서 때론 서로에게 옮겨 가 하나가 되는 것을 느꼈을 때 놀랐다.

- 제6권, 114쪽

안젤름은 두 박자의 심장 소리에서 수없이 피어나는 아름다운 꽃들을 보았고, 밤하늘의 별을 보며 아름다운 우주가 들려주는 완전한 조화의 음악을 들었으며, 꽃의 향기를 맡으며 신의 부르심을 느낄 수 있었다.

어린아이의 눈은 태초의 인간처럼 사물의 내면을 볼 수 있는 능력을 지닌다. 이러한 점에서 노발리스는 어린아이가 어른보다 훨씬 영리하고 지혜롭다고 했다. 그리고 태초의 인간은 영혼을 볼 수 있는 사람이었고, 어린아이의 신선한 시선은 가장 위대한 예언자의 예감보다 풍요하다고 했다. 어린아이의 눈과 태초의 인간의 눈은 같다는 것이다.

많은 어린아이들은 처음 문자를 배울 때 신비로운 능력을 잃는다. 소수의 어린아이들만이 어린 시절의 신비에 대한 여운을 죽을 때까지 지니고 다닌다. 그들은 끊임없이 자신에 몰두하고, 자신과 주위 세계와의 수수께끼 같은 연관 관계에 빠져든다. 나이가 들어 성숙해지면 이들이 구도자와 현자가 된다. 이들은 다시 자신의 가장 깊은 내면으로, 진정한 고향인 집으로 돌아가게 된다.

안젤름은 오성으로 인해 직관의 능력을 상실하고 인간의 논리나 오성으로 사물을 보게 된다. 그는 낙원 속의 순수한 어린아이가 아니라 낙원에서 추락한 아담이 된다. 그는 '타락의 과정', 혹은 '퇴화의 과정'을 걷는다. 그로 인해 개체와 전체가 조화를 이루던 화음을 상실한다. 그는 인간과 신, 인간과 자연이 직접 대화할 수 있는 초월적 능력을 상실하게 된다.

발전부 – 낙원에서의 이탈

어느 날 봄이 왔다. 그 봄은 예전처럼 노래를 부르거나 향기를 풍기지 않았다. 모든 것이 변했다. 지빠귀가 노래를 불렀지만 예전의 노래가 아니었다. 푸른 아이리스가 피었지만 노란 꽃술의 길 위로 꿈과 동화가 드나들지 않았다. 어머니와 자주 싸우기도 했다. 이제 안젤름은 더 이상 아이가 아니었다. 화단 주위에 놓인 가지가지의 돌들도 이제는 지루해졌고, 꽃들은 침묵했다. 그는 딱정벌레를 바늘로 찔러 상자 속에 넣었다. 존재로서의 친구였던 딱정벌레가 소유와 관찰의 대상이 된 것이다. 존재의 순수성을 잃은 안젤름에게 자연은 "지나간 역사적 존재", 즉 완전히 "화석화된 마법의 도시"가 되었다. 그의 영혼은 순수성을 잃게 되면서 긴 우회로를 걷기 시작한다.

청년이 된 안젤름은 상징의 세계를 잊어버리고 격렬한 삶 속으로 들어선다. 그는 고향을 떠난다. 삶의 발전부로 들어선 것이다. 조성은 운동 성향이 강한 딸림조로 변화했다. 새로운 길이 그를 유혹했다. 그의 눈에는 지식욕이 불타올랐다. 그는 밤늦도록 독서에 빠졌다. 그는 고향의 어머니를 방문해 정원을 거닐었으나 돌과 꽃의 이야기를 더 이상 들을 수 없었고, 푸른 아이리스 속에 깃든 신과 영원성을 보지 못했다. 그러던 어느 날 어머니가 돌아가셨고 그 이후 그는 거의 고향을 찾지 않았다. 그는 고향의 모든 것을 상실하게 된 것이다.

대도시에서 안젤름은 자신이 바라는 대로 학자가 되었다. 그러나 학자가 되는 것이 그의 궁극적인 목표는 아니었다. 그는 자신이 뜻을 두었던 그 세계 한가운데서 홀로 방황하게 된다. 하인리히가 낯선 지방에서 마틸데의 성스러운 얼굴을 보는 순간 푸른 꽃의 한가운데서 미소 짓고 있던 꿈속의 소녀를 찾은 것처럼, 안젤름은 그

때 아이리스라는 여인을 만나게 된다. 원래 '아이리스'는 푸른색 꽃의 이름인 동시에 여자 이름이다. 전통적으로 파랑은 여성의 성향을 상징한다. 파랑은 조용하고 수동적이며 내향적이다. 아이리스는 세상에 대해서는 전혀 관심이 없었다. 그녀가 가장 좋아하는 것은 꽃과 음악과 책이었다. 그녀는 꽃의 향기를 맡을 때마다 마음속에서 한때는 자기의 것이었지만 지금은 잃어버린 아주 아름답고 소중한 것들을 떠올린다. 그녀는 자연화된 영혼이면서 영혼화된 자연인데, 왜냐하면 그녀는 꽃이면서 인간이기 때문이다. 어느 날 안젤름이 아이리스에게 청혼하며 다음과 같이 말한다.

그대는 늘 나의 좋은 친구였지요. 그대에게 모든 것을 말하겠어요. 이제는 아내가 필요합니다. 그렇지 않으면 제 삶은 공허하고 무의미할 것 같아요. 그대, 아름다운 꽃이여, 그대 이외의 누구를 아내로 맞이하겠어요? 아이리스, 그대가 원한다면 찾을 수 있는 모든 꽃을 갖게 할 것입니다. 그리고 가장 아름다운 정원을 갖게 하겠어요. 그대, 저에게로 오겠는지요?

— 제6권, 119쪽

제2장 헤세, 소나타로 읽기

아이리스 역시 음악을 들을 때면 잃어버린 고향이 한순간 반짝이며 보였다가 사라지곤 했다. 그녀는 그 음악 뒤에 있는 진정한 고향을 깨닫는다.

사랑하는 안젤름, 우리는 이러한 이유로, 다시 말해 잃어버렸던 아득히 먼 음을 화두로 깊이 생각하고 찾고 귀 기울이며 살기 위해 지상에 존재한다고 믿어요. 그 뒤에는 우리의 진정한 고향이 있지요.

— 제6권, 118쪽

아이리스의 외형은 파랑과 노랑을 가진 꽃이지만 내적이며 본질적인 언어는 음악이다. 그래서 아이리스는 청혼을 한 안젤름에게 다음과 같은 큰 요구를 한다.

하지만 저는 꽃 없이도 살 수 있고, 음악 없이도 살 수 있어요. 꼭 그래야 한다면 이 모든 것과 많은 다른 것 없이도 살 수 있어요. 그러나 한 가지만은 결코 없이 살 수 없고, 살고 싶지도 않지요. 음악이 제 마음속에서 중심이 되지 않으면 단 하루도 살 수 없다는 것이지요. 제가 한 남자와 살아야

69

한다면 그 사람과 저의 내면의 음악이 훌륭하고 섬세하게 화음을 이루어야만 해요. 그 자신의 순수한 음악이 저의 음악과 잘 어울리는 것만이 그 사람의 유일한 소망이어야 하지요. 당신은 그렇게 할 수 있겠는지요?

– 제6권, 119쪽

아이리스는 인간의 근원적 고향에 도달한 삶의 완성자이다. 한 걸음만 더 가면 삶과 죽음이 하나인, 진정한 완성자가 된다.

저는 항상 무엇인가를 추구했지만 그것은 항상 아름답고 사랑스러운 영상이었어요. 그 영상들은 항상 다시 떨어져 시들어 버리는 꽃이었습니다. 이제는 어떤 영상도 알지 못합니다. 더 이상 아무것도 추구하지 않기 때문이지요. 저는 고향으로 돌아가고 있어요. 단 한 걸음만 더 가면 고향에 도달하게 되지요.

– 제6권, 125-126쪽

두 주제가 대립되는 발전부의 선율처럼, 안젤름과 아이리스의 내면의 음악은 결코 어울릴 수 없는 불협화음이다.

제2장 헤세, 소나타로 읽기

당신은 저의 생각과 저의 존재를 사랑하고 아름답다고 여기지만 그러한 것은 대부분의 사람처럼 당신에게도 예쁜 장난감에 불과할 것입니다. 제 말을 잘 들어 보세요. 당신에게 지금 장난감에 불과한 모든 것이 저에게는 삶 자체입니다. 당신에게도 마찬가지겠지요. 당신이 노력하고 걱정하는 모든 것은 저에게는 장난감입니다. 그것을 위해 살 만한 가치가 없다는 것이 제 생각이지요. 안젤름, 저는 제 내면의 법칙대로 살기 때문에 더 이상 변하지 않을 것입니다. 그런데 당신은 변할 수가 있겠는지요? 제가 당신의 아내가 될 수 있기 위해서는 당신이 완전히 변화해야만 합니다.

― 제6권, 120쪽

안젤름 내면의 음악은 원조原調에서 너무 이탈했다. 다시 말해 극단적으로 세속화되었다. 안젤름 내면의 음악은 순수하고 고요해져야만 한다. 안젤름이 아이리스와 조화의 화음을 이루기 위해서는 세상의 명예를 버려야 한다. 그것은 '예쁜 장난감'에 불과하기 때문이다. 그리고 이마 위에 있는 모든 주름살을 제거해야만 한다. 이마의 주름살은 세상일의 걱정에서 비롯되었기 때문이다. 아이리스는 안젤름에게 그녀의 영혼에서 우러나오는 마지막 말을 한다.

당신이 저의 이름을 부를 때마다, 당신이 한때 중요하고 성스럽게 여겼지만 잊어버린 그 무엇이 생각난다고 여러 번 이야기했습니다. 안젤름, 그것이 하나의 신호입니다. 그것이 당신을 해마다 저에게로 이끌어 온 것이지요. 당신은 당신의 영혼 속에 있던 중요하고 성스러운 것을 상실했고 잊었다는 것을 저 역시 믿어요. 그것을 다시 일깨워야 해요. … 가셔서 당신의 기억 속에서 저의 이름을 통해 떠오르는 것을 다시 찾아보세요. 당신이 그것을 다시 찾는 날에 저는 당신의 아내가 되어, 당신과 함께 당신이 원하는 곳으로 갈 것입니다. 그리고 당신의 소망 이외는 어떤 소망도 더 이상 갖지 않을 것입니다.

– 제6권, 121쪽

어느 봄날 미풍이 불어왔다. 미풍이 싣고 온 향기를 맡을 때, 안젤름은 알 수는 없지만 무엇인가 마음속에 살아 움직이고 있다는 것을 느꼈다. 어느 '푸르고' 따뜻한 날이 기억 저편에 머물러 있었던 것이다. 파랑은 먼 곳과 그리움의 색이다. 그 기억은 대학 시절과 유년 시기를 넘어서서 전생의 과거로까지 거슬러 올라갔다. 안젤름은 끊임없이 방황하면서 기억의 바닷속으로 깊이 들어갔다. 그러나 아이

　　　　　　　　제2장 헤세, 소나타로 읽기

리스라는 이름이 그에게 주는 의미를 찾을 수 없었다. 그는 마지막으로 고향으로 가서 어린 시절의 옛 정원을 찾지만 절망한다.

안젤름은 그때까지도 명예와 지식을 추구했다. 아이리스가 볼 때 그것은 '예쁜 그림'에 불과하다. 안젤름은 그 모든 그림을 버려야만 했다. 궁극적으로는 아이리스까지 떠나야만 했다. 아이리스는 안젤름에게 활짝 핀 푸른 아이리스를 주면서 마지막 말을 하고 죽는다.

> 자, 여기 저의 꽃 아이리스를 갖고 저를 잊지 마세요. 저를 찾으세요. 아이리스를 찾으세요. 그러면 당신은 저에게로 올 수 있을 것입니다.
>
> – 제6권, 126쪽

아이리스는 그녀의 고향인 꽃이 되어 안젤름의 내면으로 흘러 들어간다. 아이리스가 죽자 그는 모든 것을 버리고 도시를 떠나 세상에서 모습을 감추었다. 그는 고행자가 된다. 그는 숲속에서 자면서 딸기를 따 먹고 덤불의 잎에 맺힌 이슬을 마시며 기인처럼 살았다. 어린아이들과 놀기도 하고, 부러진 나뭇가지와 작은 돌과 대화도 했다. 그러면서 보이는 모든 것은 그림에 불과하다는 것을 깨닫는다. 그리고 자신의 내면에 그림이 아닌 본질이 존재하고 있다는 것을 느낀다. "그 본질의 목소리는 아이리스의 목소리이고, 어머니의 목소리이며, 그 목소리는 위로며 희망이었다."[17] 안젤름이 자신의 내면에서 연인의 목소리와 어머니의 목소리를 동시에 듣는 순간, 소나티네는 발전부에서 다시 동화의 성격을 지닌 재현부로 들어선다.

재현부 – 낙원으로의 회귀

기적이 일어났다. 기적과 함께 안젤름은 동화의 세계로 들어선다. 온 대지가 흰 눈으로 덮였다. 제시부와 발전부의 시작은 봄이었지만 재현부의 시작은 흰 눈이 덮인 어느 겨울이다. 흰색은 하나의 색이라기보다는 '모든 색의 분명한 부재'인 동시에 모든 색이다. 칸딘스키도 흰색은 물질적 특성과 존재로서의 모든 색이 사라진 어떤 세계를 상징한다고 했다. 이 세계는 우리 위에 너무 높이 존재하고 있기 때문에 그 세계에서 울리는 어느 음도 들을 수가 없다. 그러므로 흰색은 우리 영혼에 소위 절대적이라고 하는 '위대한 침묵'으로 작용한다. 음악적으로 이야기하면 한 악장 혹은 어느 내용을 전개

---

17 실제로 헤세의 어머니와 첫 번째 부인의 이름(마리아)이 같다. 1902년 헤세는 어머니가 돌아가시자 자신의 『시집』을 어머니에게 헌정했다. 그리고 1904년에 9살 연상인, 어머니와 같은 이름의 마리아 베르눌리(Maria Bernouli)와 결혼하고 부인에게서 돌아가신 어머니의 모습을 찾게 된다. 1917년에 헤세는 그의 작품 중 '가장 아름다운 이야기'라고 하는 동화 「아이리스」를 피아니스트인 부인에게 헌정했다.

하는 데 최종적 결론이 아닌 휴지休止 상태의 무음無音을 말한다. 그러나 그 무음은 죽음이 아니라 가능성으로 가득 찬 침묵을 뜻한다. 흰색은 끝이며 동시에 시작의 색이다. 안젤름은 봄에 피어야 할 아이리스가 흰 눈 속에 외롭게 피어 있는 것을 본다. 안젤름은 흰 눈 속에 외롭게 핀 한 송이의 아이리스를 보는 순간 알아차린다. 그는 황금빛 노란 꽃술 사이로 그 꽃의 신비와 심장으로 통하는 푸른 길을 본 것이다. 바로 그것이 그가 이제까지 찾고 있던 것이었으며, 그곳은 더 이상의 그림이 아닌 본질의 세계였다. 안젤름의 외면세계와 내면세계는 비로소 일치하게 된다. 어린 시절의 꿈을 다시 찾은 것이다.

이제는 꿈이 그를 인도하게 된다. 그는 영혼의 세계로 들어선다. 그는 천 년에 한 번만 열리는 '정신의 문'으로 향한다. 한 마리의 새가 그곳으로 안내한다. 전래 동화나 낭만주의 동화에서처럼 헤세의 동화에서도 새의 모티프는 중요하다. 헤세의 동화에서 새는 '조언자' 혹은 '길 안내자'의 역할을 한다. 진기하면서 달콤한 새의 노래는 바로 죽은 아이리스의 목소리였다. 그는 드디어 절벽의 벌어진 틈 사이로 난 '정신의 문' 앞에 선다. 한번 들어가면 다시 나올 수 없는 문이다. 안젤름은 그 문 안으로 산속 깊이 푸른 길이 아득히 뻗어 있는 것을 본다. 문으로 들어가 황금빛 기둥 사이를 지나 내부의 푸른 신비 속으로 들어갔다. 꽃송이 속으로 들어간 것이다. 그곳은 아이리스의 심장이었다. 어머니 정원에 피었던 아이리스였다. 하인리히도 꿈속에서 푸른 암벽 사이에 피어 있는 푸른 꽃 속 한 소녀의 얼굴을 보게 된다. 그가 그 소녀, 즉 마틸데를 통해 '그의 가장 깊은 곳에 있는 영혼'을 만나고 둘의 결합으로 "태고의 황금 시대"로 귀환한 것처럼, 안젤름도 아이리스를 통해 자기 내면에서 아이리스 꽃을 찾아 다시 어린 시절의 낙원으로 돌아간다. 꽃송이 속에서 '황금빛 여명'이 안젤름에게 다가오며 그는 어린 시절의 모든 기억과 꿈을 되찾게 된다. 황금빛, 즉 밝은 노랑은 직관과 깨달음의 선물인 것이다. 순간 어린 시절의 봄처럼 사랑의 노래가 울려 퍼졌다. 안젤름의 내면과 외면, 자연과 정신은 비로소 완전히 하나가 된다. 이 세계는 하인리히가 도달한 '새로운 황금 시대', 즉 이상이 현실이 되고 현실이 이상화되면서 '꿈의 형상'과 '음악적 환상'이 무한히 펼쳐지는 '보다 높은 동화'와 일치한다. 안젤름은 노래를 부르기 시작했다. 하인리히가 마틸데와의 사랑을 통해 진정한 시인이 되었다면 안젤름은 가인歌人이 된 것이다. 원래 시와 음악은 하나다. 안젤름은 「피리의 꿈」의 주인공이 가졌던 꿈처럼 '사랑의 신'이 되어 자연과 우주를 노래할 것이다. 드디어 그는 고향에 도달한 것이다. 하인리히도 마틸데를 통해 '집으로', 즉 영원한 고향으로 돌아갔다. 그리고 마틸데는 하인리히에게 "눈으로 볼 수 있는 노래의 정신"이 되었다. 안젤름이 도달한 고향은 헤세가 말한 정신의 세 번째 영역, 즉 이 세상의 도덕과 법칙 저편에 있는, 은총과 구원의 상태인 '신앙의 단계'였다. 사랑은 현세적 삶을 넘어서서 초월의 세계로 들어갈 수 있는 힘이요 종교다. 그 사랑은 기적이며 마술이다.

「아이리스」는 동화 속에서 인간과 자연이 하나가 되고, 자연과 정신이 종합을 이루며, 그것을 통해 계시를 받는다는 노발리스의 동화 이론을 반영한 전형적인 음악 동화다. 헤세는 「아이리스」에서 중기 이후 소설들의 소나타 형식적 구조를 미리 보여 주었고, 그 작품들에서 다루게 될 본질적인 주제인 '인간 형성의 길'을 비유적이며 함축성 있게 예시했다. 동화 소나티네 「아이리스」는 헤세 소설의 서곡이며, '규범Kanon'이라고 해도 좋을 것이다.

2. 어머니의 음악, 『데미안』

1) 니체와 융

나는 내 속에서 솟아 나오려는 것, 바로 그대로 살아 보려고 했다. 왜 그것이 그토록 어려웠을까?

- 제5권, 7쪽

헤세가 『데미안』을 쓴 시기는 제1차 세계대전의 비극과 가정의 불행으로 인한 내외적 위기를 극복한 후였다.[18] 헤세는 전쟁을 통해서 문명의 이기利器가 인류에게 얼마나 끔찍한 파멸을 초래하는가를 경험했다. 전쟁은 서구 문화의 몰락과 동시에 새 시대의 탄생을 의미하며, 헤세는 그 새 시대의 구원의 길을 니체에서 찾았다. 그는 니체야말로 독일 지성인들에게서는 찾아볼 수 없는 독일 정신의 마지막 외로운 대표자라고 생각했다. 니체적 '모든 가치의 전도轉倒'를 통하여 내일의 새로운 세계를 이루어야 한다는 것이었다. 니체에 의하면 유럽 정신의 기저를 이루고 있는 기독교는 반자연적이고 반생명적인 것이어서 개인의 진정한 자유를 억압하는 규격화된 '가축 인간'의 도덕이며, 그것을 초월하려는 강자에 대한 비방이었다. 『데미안』

---

18 제1차 세계대전이 일어났을 때 스위스에 거주했던 헤세는 전쟁 포로 구호 사업에 온 정성을 기울이면서 전쟁을 비판하는 글을 계속 발표했는데, 이에 대해 독일 언론으로부터 '배신자', '변절자'라는 심한 비난을 받는다. 여기에 그의 아내(마리아 베르눌리)의 신경쇠약으로 인한 심한 발작 증세, 아버지의 사망, 막내아들의 정신 질환으로 인한 입원 등 내외적 충격으로 헤세는 심한 우울증에 시달려 융의 제자인 랑(J. B. Lang) 박사의 정신분석 치료를 받게 되었다. 정신분석에 대한 랑 박사와의 대화와, 프로이트와 융의 저술을 통해 헤세는 정신적 위기를 극복하게 된다.

에는 옛것은 끝나고 새로운 신과 새로운 도덕이 시작되어야 한다는 니체 사상이 농도 짙게 표현되어 있다. 특히 싱클레어 영혼의 인도자 데미안은 니체를 모델로 했기 때문에 성서상의 인물에 대한 데미안의 새로운 해석은 니체적이라고 할 수 있다. 내적 성숙을 가져다준 서점 점원 시절의 헤세처럼, 싱클레어 역시 대학 시절에 오직 니체와 함께 살며 그의 영혼의 고독과 운명을 느끼며 황홀해했다.

전쟁과 가정의 위기에서 비롯된 정신적 좌절감은 니체 이외에도 융과 접할 계기가 된다. 인간의 내면을 신화와 종교적 표상을 통해 규명하고자 한 융의 분석심리학은 위기에 서 있는 헤세에게 새로운 삶의 길을 제공해 주었을 뿐만 아니라, 헤세의 작품 세계에도 '내면으로의 길'이란 새로운 차원의 신비주의적인 세계를 열어 주었다. 헤세의 작품 중에 특히 『데미안』은 융 분석심리학의 산물이다. 『데미안』에서 주인공 싱클레어가 걷는 길은 융의 '개성화 과정'이며, 싱클레어의 꿈과 데미안의 그림 분석, 교회의 오르간 연주자인 피스토리우스가 언급한 집단 무의식과 개인 무의식 이론, 영지주의와 종교적 신비주의도 융의 분석심리학에서 비롯된 것이다. 그러므로 『데미안』은 융의 그림자 안에서 쓰였다고 할 수 있다.

헤세가 니체와 융을 통해 얻은 것은 인간 내면세계에 존재하는 모든 삶의 원천인 원초적 고향의 발견이다. 그 영원한 고향은 죽음

그림 8 카를 구스타프 융Carl Gustav Jung(1875-1961)

그림 9 프리드리히 빌헬름 니체Friedrich Wilhelm Nietzsche(1844-1900)

과 재탄생의 근원인 '원초의 어머니'이다. 『데미안』은 이러한 어머니의 위력에 대한 예찬의 노래이며, 인간 본질의 뿌리에 대한 깊은 이해에서 우러난 노래이다. 어머니는 인간 근원에 깊숙이 뿌리내리고 있기 때문에 그 상像의 마력은 음악의 힘과 깊이 연결되어 있다. 그러므로 『데미안』에서 어머니의 마력은 음악에 내재된 디오니소스적인 마성이며, 그 마성의 화신이 에바 부인이다. 데미안은 어머니로의 안내자며 메시아이다.

제2장 헤세, 소나타로 읽기

2) 귀향 소나타

'에밀 싱클레어의 청춘 시절 이야기'라는 부제가 붙은 『데미안』은 3부로 구성되어 있다. 1부는 1장에서 3장까지로 싱클레어 고향에서의 어린 시절 이야기이고, 2부는 4장에서 6장까지로 사춘기인 김나지움 시절 이야기이며, 3부는 7장에서 8장까지로 대학 시절 이야기이다. 『데미안』은 어린 시절의 순수함이 빛의 세계와 어두움의 세계를 왕래하면서 죄와 고뇌를 통해 두 세계를 드높은 차원에서 종합한 새로운 순수함, 즉 종교의 단계로 도달하는 인간의 전형적인 내적 성숙 과정을 노래했다. 『데미안』은 인간 형성의 3박자 리듬은 물론, 소나타 형식의 전개 과정과도 같다.

제시부 – 어린 시절 이야기

싱클레어가 어린 시절에 겪었던 두 세계는 성서에 바탕을 두었으며 소나타적이다. 싱클레어의 가정이 표상하는 밝은 세계는 '밝은 음향과 향기에 둘러싸여 있고', 찬송가와 크리스마스가 있고, 참회, 용서, 사랑 등의 성경 말씀이 있는 기독교적 빛의 세계이다. 그것은 으뜸조를 띠고 있는 소나타 제1주제라고 할 수 있다.

어느 날 밝은 세계에 살고 있는 싱클레어는 어둠을 대표하는 악동 프란츠 크로머Franz Kromer를 만나게 된다. 싱클레어는 과수원에서 품종이 가장 좋은 금빛 사과를 훔친 '큰 도둑 이야기'를 꾸며 내어 크로머에게 그 주인공이 바로 자기라고 거짓말을 한다. 그로 인해 싱클레어는 크로머의 협박을 받아 집 안의 돈을 훔치고 부모에게 거짓말까지 하게 된다. 사탄에 의해 아담이 낙원의 세계에서 추락하듯, 크로머를 통해 싱클레어는 처음으로 부모의 세계인 밝은 세계를 이탈한다. 이것은 마치 소나타 제1주제의 밝은 조성이 불협화음의 기미를 보이며 점점 어두운 조성으로 전조되면서 죄와 악을 상징하는 제2주제가 당당하게 나타나는 것과 같다. 크로머는 단순히 악동이라기보다는 싱클레어의 내면 깊숙이 살아 움직이는 억압된 요소의 투영이며, 악마의 화신이다. 아담이 오만한 마음으로 선악과를 따 먹듯 영웅적으로 행세하는 싱클레어는 아버지에 대한 우월감을 느끼고 아버지를 살해하는 꿈까지 꾼다. 싱클레어는 아벨의 신앙심이 아니라 카인의 표지를 지닌 것이다. 그는 크로머에 의해 어두운 세계에 빠져 구약성서에 나오는 탕아의 귀향을 경멸하기까지 한다. 낙원의 순수함을 완전히 상실한 것이다. 그는 금지된 어두운 세계에서 처음으로 죽음을 느낀다. 그러나 음악에서 불협화음 뒤에 협화음이 오는 것처럼, 죽음은 소멸이 아니라 끔찍한 변혁에 대한 불안과 두려움이며 새로운 탄생이다.

벽시계와 책상, 성경과 거울, 책꽂이와 벽에 있는 그림들이 곧 나와 작별을 했다. 나는 나의 세계와 나의 착하고 행복한 삶이 과거가 되고 내게서 떨어져 나가는 것을 얼어붙은 마음으로 바라보아야만 했다. 그리고 빨아들이고 있는 새로운 뿌리가 밖의 어둡고 낯선 세계에 확고하게 뻗어 있다는 것을 느껴야만 했다. 처음으로 나는 죽음을 맛보았으며, 그 죽음은 쓰디쓴 맛이 났다. 왜냐하면 죽음은 탄생이며 끔찍한 변혁에 대한 불안과 두려움이기 때문이다.

- 제5권, 22쪽

위기에 있는 싱클레어의 영혼을 구원해 준 사람은 데미안이다. 데미안의 출현은 바로 니체의 '차라투스트라의 하강'이나 다름없다. 니체의 음악 산문시 『차라투스트라는 이렇게 말했다』에서, 아주 높은 곳에 있는, 독수리의 둥지를 닮은 동굴에서 홀로 명상을 한 차라투스트라는 어느 날 아침에 독수리처럼 하강하여 산 아래 사람들에게 자신의 깨달음을 설파했다.[19] '다른 세계'에서 온 데미안은 마치

19　방탄소년단(BTS) 2집 《날개(Wings)》의 타이틀곡 〈피 땀 눈물〉의 뮤직비디오는 데미안을 모티프로 제작되었다. 뮤직비디오에서 '진'은 검은 날개를 단 조각상에 입 맞춘다. '슈가' 는 파이프 오르간을 연주하고, '진'은 벽에 걸려 있는 거울에서 피눈물 흘리는 자신의 모

차라투스트라처럼 싱클레어 앞에 나타나 밝은 세계와 어두운 세계와의 갈등에서 오는 싱클레어 내면의 불협화음을 조화의 음으로 이끌어 준다. 데미안은 싱클레어를 크로머의 악의 사슬에서 해방시켜 "다시 열린 잃어버렸던 낙원으로, 밝은 부모의 세계이고, … 순수함의 향기가 풍기는 곳으로, 아벨의 순종하는 신앙으로" 인도한 구원자이면서 동시에 혁명적인 '다른 세계'로의 유혹자다. 다시 말해서 데미안은 싱클레어 영혼의 불협화음을 완성의 의미를 지닌 으뜸조로 이끈 것이 아니라, 발전 가능성을 지닌 동적 화음인 딸림조로 이끌었다. 데미안은 싱클레어에게 카인과 아벨, 그리고 골고다의 죄수 이야기를 기존 통념과 정반대로 해석해 준다. 아벨은 순종만 하는 겁쟁이고, 카인은 기존 질서를 파괴할 수 있는 용기와 지혜를 지닌 '고귀한 인간'이므로 카인이 지닌 표지는 수치가 아니라 훈장이라는 것이다.[20] 그리고 골고다에서 예수와 함께 십자가형을 받은 두

습을 본다. 거울 바로 위의 벽에는 다음과 같은 차라투스트라의 말이 쓰여 있다. "자신의 내면에 혼돈을 지녀야만 춤추는 별을 낳을 수 있다(Man muss noch Chaos in sich haben, um einen tanzenden Stern gebären zu können)." 방탄소년단은 차라투스트라의 말을 인용해 피눈물 흘리는 자만이 '춤추는 스타'가 된다는 것을 랩과 힙합으로 표현했다. 청소년들에게 데미안이 20세기의 차라투스트라라면, 방탄소년단은 21세기의 차라투스트라이다.

20 헤세는 카인을 인류에게 인식의 불을 가져다준 프로메테우스와 같은 인물로서, 대담성으로 인해 처벌받은 정신과 자유의 대변자로 보고 있다.

제2장 헤세, 소나타로 읽기

죄인 중에 회개한 죄인은 비겁한 자이고 끝까지 개종하지 않고 자신의 길을 간 죄인은 개성이 있는 '카인의 후예'라고 말한다. 성경에 대한 데미안의 이러한 비판적인 해석은 전통적인 종교와 도덕에서부터 벗어나려는 니체의 기독교적인 '모든 가치의 전도'를 의미한다. 그러므로 데미안은 악마의 사자이며 대변자이고, 동시에 '신은 죽었다'라고 말한 차라투스트라의 대변자이기도 하다. 예전에 싱클레어는 예수 수난 금요일에 아버지로부터 골고다의 이야기를 들었을 때 고통스럽지만 아름답고 매우 생동감 있는 세계에 사로잡혔으며, 예수가 골고다에서 죽을 때까지의 수난을 노래한 〈마태 수난곡〉을 들었을 때는 고통의 광채가 온갖 신비스러운 전율로 자신을 감싸기까지 했다. 여전히 싱클레어는 종교성과 예술성이 아름답게 조화된 이 수난곡과, "하나님의 시간은 가장 좋은 시간이로다Gottes Zeit ist die allerbeste Zeit"로 시작하는 바흐의 칸타타 〈추모식Actus tragicus〉[21]에서 "모든 시학과 예술적인 표현의 총체"를 발견한다. 여기서 싱클레어 내

---

21 바흐의 칸타타 106번 〈추모식〉은 장례식을 위한 예배용 진혼곡(레퀴엠)으로 바흐 초기 칸타타의 걸작이다. 하나님 안에서 우리가 존재하고, 죽음의 순간도 하나님이 정해 주신 가장 좋은 시간이라는 것이 이 칸타타의 주제이다. 제3곡에서 베이스 솔로(아리오소)가 "오늘 네가 나와 함께 낙원에 있으리라"라고 구원을 선언하는데, 이 선언은 앞에서 언급한 두 죄인 중에 회개한 죄인이 죽기 전에 구원을 청하자 예수님이 하신 말씀이다. 푸가 기법의 합창(코랄)으로 웅장하게 끝나는 이 칸타타에서 죽음은 끝이 아니라 구원이며 새로운 생명으로의 시작이라는 바흐의 신앙을 감지할 수 있다.

면에 흐르는 긴장, 즉 두 선율 사이의 불협화음적이면서 협화음적이고, 순수하면서 불순한 음정은 수직적인 이중의 공간 구조를 보여주고 있다.

싱클레어는 데미안의 새로운 복음을 통해서 이 세계에는 '공인된 신의 세계와 묵살된 악마의 세계'가 존재하고 있다는 것을 깨닫는다. 싱클레어의 내면에는 소나타의 상반된 두 주제처럼 밝은 세계와 어두운 세계, 신과 악마, 종교성이 짙은 바흐 음악과 혁명적이며 파괴적인 니체의 조성이 공존한다. 악마까지도 자기 내부에 포함하고 있는 신의 창조가 싱클레어의 신화이자, 데미안이 그에게 준 사명이다. 그는 어두운 세계를 부정하고 부모의 세계로 되돌아간다는 것, 즉 아벨이 된다는 것은 겁쟁이의 "잘못된 귀환"이라고 생각하고, 자신의 내적 원칙에 충실했던 도둑처럼 허락되고 금지된 것을 전통적인 종교와 윤리에 의해서가 아니라 자기 스스로 찾아야 한다고 깨닫는다. 반기독교적이면서 모순과 투쟁을 긍정하는 니체의 디오니소스적 내면의 길과, 동시에 의식과 무의식, 개인과 우주 질서와의 내면적인 변증법적 발전인 융적 '개성화의 길'로 들어선 것이다. 선악의 피안에 있으며, 자연 및 우주의 근원일자根源一者인 본능적이고 비합리적인 디오니소스 신神으로 향하는 내면의 길과, 자기 자신이 인간 심리의 근원이며 궁극적 바탕인 자아가 되고 그 자아가

제2장 헤세, 소나타로 읽기

전체와 우주가 되는 '개성화 과정'에는 소나타 형식처럼 대위, 조화, 발전이라는 3박자의 기본 리듬이 깊게 흐르고 있다.

발전부 – 김나지움 시절 이야기

싱클레어의 사춘기 시절은 소나타 형식의 발전부에 해당된다. 발전부의 본질은 갈등과 활동이다. 발전부에서 갈등이 폭발하여 활동이 최고의 강력함에 이르게 된다. 싱클레어는 김나지움 시절 자신의 내면 깊숙이 흐르는 금지된 어두운 음에 귀를 기울인다. 그는 술과 여성으로 인해 탕아가 되고 향락자가 되어 타락의 절정에 다다른다. 원조에서 이탈된 조성이 전조의 한계점에 이른 것이다. 어린 시절의 종교적인 경건한 낙원의 세계는 완전히 황폐해진다. 바흐와 아름다운 시를 사랑하던 싱클레어는 완전히 어두운 세계에 빠져 어둠의 자식이 되어 버린다. 이러한 전형적인 탕아의 삶은 어두운 세계인 사탄 세계의 반영이며, 소나타 제2주제의 보다 발전된 변주라 하겠다. 싱클레어는 퇴학 직전에 공원에서 어느 소녀를 보고, 단테가 운명의 소녀 베아트리체Beatrice를 본 것처럼 첫눈에 반한다. 이후 싱클레어는 그 소녀를 베아트리체라고 부르기 시작한다. 그 소녀와의 정신적 사랑은 그를 모든 현실에서 격리시켜 고독의 길, 내면화의 길로 들어서게 한다. 단테처럼, 싱클레어의 마음속 베아트리체

의 상은 점점 신격화된다. 베아트리체는 싱클레어에게 성전의 문을
열어 주어[22] 그를 다시 기도하는 사람으로 만든다. 싱클레어는 베아
트리체에 대한 정신적 숭배로 "신들 앞에 무릎 꿇고 자신 속에 있는
어둡고 악한 세계를 제거하고 완전히 밝은 세계에 안주하려는 유일
한 소망"을 갖는다. 베아트리체를 통하여 되찾은 밝은 세계는 싱클
레어 어린 시절의 기독교적인 낙원의 세계가 아니라 니체의 디오니
소스적인 조성을 지닌, 싱클레어 자신이 창조한 세계다. 그 세계는
죽어서 다시 소생하는 디오니소스처럼 타락하면 타락할수록, 파괴
하면 파괴할수록 그 내면에는 새로운 세계가 더욱 빛나 신성해지고
정신화되는 세계, 즉 모든 대립이 그 자체 안에서 신비롭게 하나가
된 세계이다. 이 세계는 상반된 두 주제가 대위되어 조화로운 화음
을 이루는 소나타 내면의 마성의 세계와 같다.

　싱클레어는 꿈과 무의식의 심연에서 떠오르는 신의 상을 그리
기 시작한다. 그 심상은 남성과 여성의 양면성을 지닌 밝은 모습이
다. 싱클레어는 그 심상이 바로 베아트리체이면서 데미안이고 동시
에 그의 삶을 결정하는 운명이며 마성이라는 것을 깨닫는다. 그것은

22　『신곡』에서, 단테도 칠흑같이 어두운 지옥에서 속죄의 세계인 연옥을 지나 천국의 입구까
　　지 간다. 이때 베아트리체가 나타나 천국으로 들어갈 수 없는 단테를 천국으로 인도한다.

그의 내면 깊숙이 살면서 명령하는 그의 '운명의 음이며 리듬'이다.

> 그것(그림)은 나의 삶을 결정하는 것이며, 나의 내면, 나의
> 운명, 혹은 나의 마성이다. 내가 언젠가 한 친구를 발견한
> 다면 나의 친구는 그러한 모습을 하고 있을 것이다. 내가
> 언젠가 한 애인을 얻는다면 나의 애인은 그러한 모습을 하
> 고 있을 것이다. 나의 삶도 그러할 것이며 나의 죽음도 그
> 러할 것이다. 그것이 나의 운명의 음이며 리듬이다.
>
> — 제5권, 84쪽

데미안은 융의 심리학에서 말하는 집단 무의식 속에 깊이 잠자고 있는 원형적 심상으로 싱클레어의 이상적 자아의 상이자, 그를 안내하는 수호천사이기도 하며, 싱클레어가 추구하는 니체적 목표의 대변자이기도 하다. 음악적으로 싱클레어의 마성, 즉 운명의 음은 태초의 리듬, 혹은 하모니라고 할 수 있다.

자기 내면으로부터 오는 그 운명의 음은 창조성을 지닌다. 헤세가 "운명과 마음은 이름이 다를 뿐 하나의 개념이다"라는 노발리스의 말을 인용한 것은 여기서 비롯된다. 헤세를 깨우친 사람은 니체이지만, '내면으로의 길'과 '마술적 사고'로 안내한 것은 노발리스

이다. 이 점에서 헤세는 노발리스의 '영적 계승자'라고 할 수 있다. '마술적 관념론magischer Idealismus'을 체계화한 노발리스는 인간의 내면세계를 표현하는 '마음'을 '정신'이나 '영혼'과 동의어로 보고 있다. "노발리스에게 마음은 인간 내면세계의 창조력을 지닌 영역"이기 때문에 마음은 혼돈에서 질서, 즉 신비적 합일Unio Mystica을 형성하는 마술적 장소이다. 운명의 음과 리듬은 마음의 음이다.

싱클레어는 자신의 내면에서 생성되는 운명의 음에 귀를 기울이고, 그 음을 그림으로 그려 데미안에게 보낸다. 싱클레어의 운명의 음에 대한 데미안의 대답은 다음과 같다.

> 새는 알에서 깨어나려고 투쟁한다. 그 알은 세계이다. 태어나려고 하는 자는 한 세계를 파괴해야만 한다. 그 새는 신을 향해 날아간다. 그 신은 아브락사스라고 한다.
>
> – 제5권, 91쪽

데미안이 싱클레어 내면에 흐르는 마성의 화신이라고 할 때, 그 마성의 음이 추구하는 목표가 "신적인 것과 악마적인 것을 하나로 하는 상징적인 임무를 지닌 신성",[23] 곧 아브락사스이다.

싱클레어의 운명의 음을 전통적인 종교의 두꺼운 알에서 깨어나게 하여 아브락사스로 인도한 사람은 신학자이자 오르간 연주자인 피스토리우스Pistorius이다. 그를 통하여 싱클레어는 영혼 깊은 곳에 내재하는 무의식 세계를 인식한다. 특히 그의 음악이 싱클레어를 영혼의 세계로 인도한다. 두 사람을 연결해 준 것은 바흐 음악이었다. 어린 시절 빛의 세계에서 바흐 음악을 즐겨 들어 왔던 싱클레어는 피스토리우스가 교회에서 오르간으로 연주하는 바흐 곡을 기도처럼 듣는다. 싱클레어는 피스토리우스가 연주하는 곡들에서 그의 영혼의 음, 즉 그 자신의 독특한 사상을 듣는다. 바흐 이전의 교회 음악 대가들의 곡에서는, 목사에게서 느끼는 경건성이 아니라 중세의 순례자에게서 느끼는 경건성과 모든 종파를 초월하면서 세계 감정에 맹목적으로 헌신하려 하는 경건성을 느꼈다. 아울러 "동경, 세계의 가장 내면적인 것을 파악하려 하는 것, 자신의 어두운 영혼에 대한 열렬한 경청, 헌신에 대한 도취와 경이로움에 대한 깊은 호기심"도 감지한다. 특히 북스테후데Buxtehude의 〈파사칼리

23 융은 영지주의자들이 추구하는 신성인 아브락사스를 다음과 같이 표현했다. "아브락사스는 영적 세계(Pleroma) 안에 존재하는 비실재적 실재다. 그것은 선과 악의 어머니다. 그것은 최초의 자웅 동체이다. 그것은 삶과 죽음이 동시에 있고 신성하면서 저주받은 말을 한다. 그것은 사랑이요 사랑의 파멸이다. 그것은 성자요 그의 배신자다. 그것은 가장 밝은 낮이요 가장 어두운 광란의 밤이다." 융은 그노시스교도의 반지를 끼고 다녔으며 그들의 신비에 참여하기도 했다.

아〈Passacalia〉[24]를 듣고는 "자기 자신에 침잠해 자신의 음을 들을 수 있는 독특하고 내면적인 음악", 즉 영혼의 음악이라는 것을 느낀다. 피스토리우스는 신비주의자이며 제식을 찬양하는 '종교 미식가'이다.

> 모든 종교는 아름답습니다. 종교는 영혼입니다. 기독교의
> 성찬을 받아들이든, 메카로 순례를 가든 마찬가지입니다.
>
> — 제5권, 110쪽

피스토리우스는 기독교와 회교는 물론 불을 숭배하는 조로아스터교, 영지주의Gnostik, 불교, 힌두교 등 동서양의 모든 종교를 아름다운 영혼으로 보고 있다. 피스토리우스의 이러한 사상에서 "모든 신화나 신들의 형태는 모든 인간의 내면에서 형성되고 체험될 수 있는 영혼의 형상에 불과하다는 융의 사상"을 읽을 수 있다. 그리고 피스토리우스는 예수를 "영웅이며 신화이고, 인류가 자기 자신을 영원의 벽에 그린 거대한 영상"으로 본다. 즉 예수는 융적인 의미로 원형의 상징적 형상이다. 이런 의미에서 피스토리우스는 모든 종교를 수용하는 과거 지향적 낭만주의자이고, 반기독교적이면서 니체와

---

24 바로크 시대 음악의 한 형식으로 3박자의 느린 변주곡.

융의 사상을 지닌 카인의 후예이다. 그러므로 그가 연주하는 음악은 도덕적일 수가 없고 자유가 깃들어 있다.

나는 음악 듣기를 좋아합니다. 특히 당신이 연주하는 것과 같은 전혀 구속이 없는 그러한 음악을 좋아합니다. 그런 음악을 듣고 있으면 인간이 천국과 지옥 사이를 수시로 오가는 기분을 느낍니다. 나는 음악을 매우 좋아합니다. 왜냐하면 내가 알기로 음악은 거의 도덕적이 아니기 때문입니다. 모든 다른 것은 도덕적이므로 나는 그렇지 않은 것을 찾고 있습니다. 나는 항상 도덕적인 것에 괴로워했습니다.

– 제5권, 100쪽

싱클레어는 피스토리우스를 통해 자기가 추구하는 신이, 신인 동시에 악마이며, 자기 안에서 밝은 세계와 어두운 세계를 가진 아브락사스라는 것을 깨닫는다. 괴테도 『서동시집』에서 언급한 바 있는 아브락사스는 대립된 두 주제를 가진 운명의 음의 영지학적 변주이다. 결국 싱클레어가 피스토리우스와 그의 음악을 통해 얻은 것은 내면의 발전과 내면에 깃들어 있는 마성에 대한 보다 깊은 인식이다.

싱클레어는 이상적인 상으로 자신의 내면에 살아 움직이는 마성의 음인 아브락사스를 불러내어 그린다. 헤세는 "복을 주지 않으면 당신을 놓아 드릴 수 없다"라는 구약성서 「창세기」에 나오는 신과 야곱의 투쟁을 인용한다. 구스타프 말러는 야곱은 신이 축복을 내릴 때까지 끝까지 싸웠기 때문에 그야말로 모든 창조적인 인간의 가장 위대한 예라고 했다.[25] 싱클레어는 내면에 흐르는 마성의 음을 창조하기 위하여 야곱이 투쟁한 것처럼 끊임없이 투쟁하는 것이 결국 신에게 예배하는 것이라고 생각했다. 아벨처럼 순종을 통한 축복이 아니라, 투쟁을 통한 축복의 의미를 지닌 신과 야곱의 투쟁은 카인의 세계, 즉 소나타 형식의 제2주제라고 할 수 있는 어두운 세계의 반어적 변주이다.

싱클레어 자아의 이상적인 심상인 아브락사스는 어머니이고 애인이며, 여신이면서 창녀이고, 여자이면서 남자이고, 어린아이이면서 동물의 모습을 하고 있다. 대립된 두 세계의 총체를 상징하는 아브락사스는 상반된 양극의 보다 차원 높은 합일에 대한 원형적 심상인 융의 '대립의 일치coincidentia oppositorum'이며, 소나타 형식 발전부

---

25 말러는 다음과 같이 말했다. "모든 창조적인 인간의 가장 위대한 예는 야곱이다. 그는 신이 자신에게 축복을 내릴 때까지 싸웠다. 신은 내게 축복을 주는 것을 원하지 않는다. 오직 나의 음악을 창조하기 위해서 싸우지 않으면 안 되는 이 무서운 싸움을 통해서만, 나는 결국 신의 축복을 받게 될 것이다."

끝에 울리는 두 주제 간의 성숙된 화음이기도 하다.

재현부 – 대학 시절 이야기

싱클레어는 대학 시절에 이르러 내면에 베아트리체와 아브락사스로 간직했던 이상적인 상을 외부 세계, 즉 데미안의 어머니 에바Eva에게서 발견한다.

> 그것은 내 꿈의 상이었다! 그것은 바로 그녀였다. 그녀는 거의 남자와 같은 커다란 여자 모습이며, 그녀의 아들을 닮았고, 어머니다운 표정, 엄격한 표정, 깊은 열정을 가진 표정을 지니고 있으며, 아름답고 유혹적이며, 아름다우면서 접근할 수 없고, 마성이며 어머니이고, 운명이며 애인이었다. 그것이 바로 그녀였다.
>
> – 제5권, 129–130쪽

여기서부터 『데미안』의 선율은 신화적이고 종교적인 조성을 띠게 된다. 문체에서도 동일 어구의 반복과 낱말이나 어구의 병렬적인 배치를 사용해 마치 미사의 전례처럼 더욱 종교적 분위기로 몰아가고 있다. 싱클레어는 '개성화의 길'에 의한 소격疏隔의 극치점에서 내부 세계와 외부 세계가 일치된다. 그리고 에바와의 일치로 그의 영혼과 자연이 신비롭게 하나가 되어 순수한 화음을 이룬다.

> 나는 나에게 중요한 날이 시작되고 있다는 것을 느꼈다. 나는 주위의 세계가 변화되어 기다리고 있으며, 서로 관련이 있고 엄숙하다는 것을 보고 느꼈다. 역시 조용히 내리는 가을비도 진지하면서 기쁜 음악으로 가득 차 아름답고 고요하며 엄숙하다. 처음으로 외부 세계가 나의 내면과 순수한 화음을 이루면서 영혼의 축제날이 온 것이다.
>
> – 제5권, 136쪽

에바는 융의 '모성 원형Mutterarchetypus'으로 싱클레어의 아니마 Anima[26]이면서 전부이고, 그의 이상적인 심상의 화신이다. 즉 에바는 어머니 모습을 하고 있는 신이며 이상적 여인인 베아트리체이고 아브라삭스의 화신이다. 그러므로 "그녀의 시선은 완성이고, 그녀의 인사는 귀향을 의미한다." 에바는 자기완성의 길 가운데 끊임없이 예감되었던 인류의 원초적 어머니이며 영혼의 고향인 것이다. 싱클

---

26 이 책 163쪽, 주 46 참조.

레어가 에바를 보는 순간 귀향을 느낀 것은 이 때문이다.

나는 일생 동안 항상 길 위에 있었던 것 같습니다. 이제야
나는 고향에 도달했습니다.

- 제5권, 138쪽

싱클레어는 그가 떠났던 집으로, '인간의 진정한 고향으로 귀
환'한 것이다. 물론 이 귀환의 음에는 노발리스의 '항상 집으로'라는
낭만주의적 귀향감이 흐르고 있다. 드디어 원조에서 이탈된 조성이
낯선 조로의 길고 먼 여행 후에 재현부에서 다시 원조로 귀환하게
된다. 에바도 탕아의 귀환을 기다린다.

우리는 당신을 기다렸습니다. 그림이 왔을 때 우리는 당신
이 우리에게 오고 있다는 것을 알았습니다.

- 제5권, 139쪽

싱클레어는 데미안의 인도로 에바 안에서 내부와 외부, 영혼과
자연이 신비롭게 하나가 되어 종교적인 세계로 상승한다. 싱클레어
는 데미안, 즉 무의식 속에 깊이 숨어 있는 마성의 음에 의해 인류의

원초적 어머니와 일치하여 자기완성을 이루게 된다. 원조에서 이탈한 소나타의 상반된 두 주제의 조성은 많은 전조를 거쳐 다시 원조로 귀환해 최상의 신적인 화음을 이루었다. '어머니 신', 그 신의 '아들 데미안', '성령'이라는 삼위일체의 성스러운 화성이 성립된 것이다. 이 삼위일체는 외적으로 기독교적인 음조를 띠고 있지만 그 속에는 기존의 기독교적 전통을 파괴하고 새로운 탄생을 바라는 니체의 디오니소스적 '배음倍音'이 강하게 흐르고 있다. 헤세는 성서를 인용하면서 근원적 신화와 연결하여 에바의 형상에 내재된 두 가지 상반된 원리를 니체적 의미로 다시 합일시켰다고 하겠다. 싱클레어 자신 속에 살아 움직이는 운명의 음, 즉 마성의 요구는 죽어서 다시 소생하는 자연의 신인 디오니소스와 합일하려 하는 삶으로의 의지이다. 이러한 삶이 표지를 지닌 자, 카인의 후예의 운명이다. 디오니소스와 합일이라는 신비적 체험을 위해서는 거대한 한 마리의 새가 알을 깨고 새로운 세계로 날아가는 것처럼 파괴와 죽음이 필요하다. 이 세계도 새로운 탄생을 위해서는 죽음이 필요하다.

세계는 새로워지려 한다네. 죽음의 냄새가 나고 있지. 어떠한 새로운 것도 죽음 없이는 오지 못한다네.

− 제5권, 153쪽

제2장 헤세, 소나타로 읽기

그 죽음은 전쟁과 유럽의 몰락을 의미한다. 그 음은 파멸의 음악이라 할 수 있다. 유럽의 몰락으로 인한 재탄생을 헤세는 어머니로의 귀환으로 본다.

> 그것이 바로 유럽의 몰락이라고 나는 말하는 바이다. 이 몰락은 어머니에게로의 귀환이며, 아시아로, 원천으로의 귀환이고, 지상의 모든 죽음과 같이 당연히 새로운 탄생으로 통하게 될 것이다.
>
> — 제12권, 「카라마조프 형제들 혹은 유럽의 몰락」, 321쪽

유럽의 재탄생은 신비스러운 원초적 어머니 세계로의 귀환이며, 이것은 바로 동양의 종교, 특히 모든 존재의 원천인 '도道'로의 귀환을 의미한다. 그러므로 싱클레어가 내면의 길에서 완성한 어머니 신의 새로운 복음서는 헤세가 '빛의 고향'이며 '영혼의 고향'이라고 말한 바 있는 동양의 종교라고 할 수 있다. 헤세 역시 '은밀한 음의 마력'을 지닌 '싱클레어'라는 이름은 "수천 년 전 중국에서 선불교의 대가들이 마술적 형식으로 표현하려고 시도했던 것으로, 양극적 단일성과 대립들의 지양에 대한 번득이는 통찰"을 암시한다고 했다. 기독교가 불교와 도교로 넘어간 것이다. 아시아 정신으로 귀환한

헤세는 힌두교와 불교, 특히 도교의 음이 깊게 흐르고 있는『싯다르타』를 쓰게 된다. 그러므로 헤세 소설의 끝, 음악적으로 말하면 소나타 형식의 종결부인 코다coda는 종결이 아니라 새로운 시작을 암시하는 제2의 발전부이다. 이 점이 바로 모든 것이 열려 있고, 모든 것이 가능하다는 헤세 소설의 '가장 위대한 지혜'라고 하겠다. 융 역시 헤세의 소설은 "있을 수 있는 최선의 끝을 맺고 있다"라고 했다.

> 나에게 당신의 책은 폭풍우가 부는 밤, 등대의 빛과 같습니다. 당신의 책은 있을 수 있는 최선의 끝을 맺고 있습니다. 요컨대 먼저 일어났던 모든 것이 실제로 끝나고, 새로운 인간의 탄생과 각성과 함께 그 책이 시작했던 모든 것을 다시 시작하고 있습니다.[27]
>
> ─ 융의 편지 중

헤세는『싯다르타』로 독자들에게 동양적 현자로 각인된다. 1970년대 미국에서 '헤세 르네상스'가 일어났을 때 히피 세대들에게

---

27 Brief an Hermann Hesse vom 3. 12. 1919. In: Siegfried Unseld, *Hermann Hesse, Werk und Wirkungsgeschichte*, Frankfurt a. M. 1985, S. 61.

헤세는, 산스크리트어로 영적 스승의 의미를 지닌 '구루'였다.

3. 도道의 음, 『싯다르타』

1) 헤세와 동양

헤세가 동양에 대해 깊이 관심 갖게 된 것은 가정환경에서 비롯되었다. 외할아버지 헤르만 군데르트Hermann Gundert는 독일의 경건주의 기독교가 짙게 감도는 슈바벤 출신으로 인도에서 경건주의 Pietismus 전도의 선구자였고, 어머니 마리 군데르트Marie Gundert는 인도에서 태어나 인도에서 교육받았으며, 아버지 요하네스 헤세Johannes Hesse도 역시 인도의 선교사로서 특히 노자에 깊은 관심을 갖고 있었다. 이러한 가족의 분위기에서 교육을 받았기 때문에 헤세는 어렸을 때부터 동양을 제2의 고향이라고 할 만큼 동양에 깊은 관심을 갖고 성장했다. 헤세는 "내가 가장 많이 배웠고 가장 크게 존경했던 두 유색 민족은 인도와 중국 사람이었다"라고 했고, 심지어 『동방 순례』에서는 삶의 신비로운 원천이 깃들어 있는 옛 동방을 '빛의 고향'이며 '영혼의 고향'이라고 했다. 헤세에게 동방 순례는 고향으로 향하는, 영혼의 영원한 고향 추구인 것이다.

헤세는 동양 사상에 대한 첫 자극을 인도의 종교에서 받았다.

> 내가 참으로 역동적인 기독교 속에서 성장하면서 나 자신
> 의 종교성의 첫 자극을 인도의 형태로 체험한 것은 역시 우
> 연은 아니다. 나의 부모와 나의 외할아버지는 일생 동안 인
> 도에서 선교 활동을 했다. 내 사촌과 나는 종교들 간의 서
> 열이 있을 수 없다는 것을 비로소 인식하기 시작했다. 이미
> 나의 부모와 외할아버지는 인도의 종교 의례에 대한 매우
> 기본적이면서 풍부한 지식을 가지고 있었을 뿐만 아니라,
> 이러한 인도의 종교 의례에 대하여 적어도 절반 정도는 확
> 실한 공감을 갖고 있었다. 나는 어렸을 때부터 인도의 종교
> 를 기독교 정신과 똑같이 함께 호흡했으며 함께 체험했다.
>
> ― 제10권, 「나의 신앙」, 70쪽

그리고 『인도 여행』에서 헤세는 삶의 반 이상을 인도와 중국 연구에 몰두했기 때문에, "인도와 중국 시의 향기와 경건성을 느끼는 데 익숙해 있다"라고 언급했다. 인도의 종교 서적 중 헤세에게 가장 큰 영향을 끼친 것은 힌두교의 성전인 『우파니샤드』, 인도 신의 노래

　　　　　　　　제2장 헤세, 소나타로 읽기

인 『바가바드 기타』, 그리고 『부처의 설법』이다. 브라만과 아트만, 신과 영혼이 하나라는 『우파니샤드』의 범아일여梵我一如 사상은 헤세의 단일 사상 형성에 큰 영향을 주었다. 그리고 "정말로 이 이상의 아름다운 책을 알지 못한다"라고 말할 정도로 '두근거리는 가슴으로' 읽었던 『바가바드 기타』에서 헤세는 '황금 씨앗', 즉 인도 형상에 내재된 동양적 단일 사상을 발견하게 된다. 특히 "부처의 설법은 수년간 나의 신앙이자 유일한 위안이었다"라고 고백할 정도로 헤세는 한때 불교에 심취해 있었다.

헤세가 특히 인도 종교에서 수용한 것은 명상의 지혜이다. 명상의 목적은 서양 철학에서 말하는 인식이 아니라, 논리적 사고와 직관적 사고의 동시적 공동 작업을 통한 의식 상태의 전환이다. 침잠을 통하여 영혼은 근원의 상태에 도달하여 순수한 조화와 질서를 유지하게 된다. 이러한 명상의 지혜를 통하여 헤세는 비로소 진정한 내면의 길로 들어설 수 있었다. 그러므로 헤세가 내면의 길로 들어선 이후의 작품인 『데미안』, 『싯다르타』, 『황야의 이리』, 『유리알 유희』에서는 명상이 중요한 모티프가 된다.

1911년 인도 여행에서 헤세는 인도의 현실이 자기가 품고 있던 이상과는 너무 거리가 멀었기 때문에 환멸을 느꼈다. 그러나 중국에서 '제1의 진정한 문화 민족'을 보게 된다. 헤세는 세상을 등지고 있는 인도의 정신세계에서 벗어나 옛 예의가 풍부한 중국의 정신세계로 눈을 돌리게 된다. 중국은 헤세에게 '정신적 도피처와 제2의 고향'이 된다. 헤세가 중국에서 배운 것은 조화의 지혜이다. 인도의 정신세계는 금욕을 강조하므로 자연과 현실을 부정하고 있는 반면에, 고대 중국의 지혜에서는 "자연과 정신, 종교와 일상생활이 적대적이 아니라 우호적인 대립"을 이루고 있다는 것을 발견한다.

헤세가 관심을 둔 중국의 지혜는 『주역』, 노자, 공자, 여불위, 이백, 두보, 선불교 등이다. 이 중 『여씨춘추』와 우주 속 인간의 조화를 비유하고 있는 『주역』은 『유리알 유희』에서 중요한 모티프가 되고 있다. 헤세는 특히 신비적이면서 동적인 노자의 은밀한 지혜에 강한 매력을 느꼈다. 노자의 『도덕경』을 읽은 후 헤세는 중국의 지혜가 세상과 동떨어진 인도 철학과는 달리 실제적이고 소박하며, 한 면으로만 뛰는 서양의 곡예적인 사고와 달리 기본적인 가치를 보다 더 잘 파악하고 있을 뿐만 아니라, 인류 발전을 위하여 보다 훌륭하게 합목적적으로 공헌했다고 호평했다.

노자의 사상으로 짙게 채색된 작품이 '인도의 시' 『싯다르타』이다. 『싯다르타』는 힌두교와 불교 사상을 근거로 싯다르타의 자기완성 과정을 그린 작품이다. 『싯다르타』는 외적으로는 인도적이지만 내적으로는 중국적이다. 헤세도 슈테판 츠바이크Stefan Zweig에게 쓴 편지에서 "싯다르타는 인도의 옷을 입고 있지만 그 지혜는 부처보다 노자에 더욱 가깝다"라고 했다. 헤세의 이 말은 엄격한 경건주의적 전통에서 벗어나 동양의 종교에서 정신의 도피처를 찾으려는 의지의 표현이기도 하지만, 분명한 것은 『싯다르타』가 동서양의 종교를 수단으로 자기완성의 과정을 노래한 헤세의 새로운 자기표현이라는 점이다. '싯다르타'라는 말은 산스크리트어로 '목표에 도달한 사람'을 의미하는데, 헤세의 싯다르타 역시 자아와 우주와의 신비로운 조화, 즉 우니오 미스티카를 이루어 인간 형성의 세 번째 단계인 종교의 경지에 도달한 도인이며 성자다. 그러므로 고요하면서 정확히 짜여 있고 음향이 풍부한 이 시의 언어는 바로 도의 음이며 소나타 형식으로 된 음악이다.

2) 우니오 미스티카 소나타

『싯다르타』는 '인도의 시'라는 부제가 말해 주듯이 '산문으로 된 시'이고, 헤세의 소설 중에 가장 깊은 서정성을 지닌 성공적인 작품이다. 『싯다르타』 언어의 서정성에는 음악이 깊이 흐르고 있다. 그러므로 이 작품을 읽을 때 단지 어떤 사건의 이야기를 넘어서 음악이 연주되고 있다는 느낌을 갖게 된다.

『싯다르타』의 문체적 구성은 전형적인 성가 리듬의 3박자 구문이다.

목욕할 때, 신성하게 목욕재계할 때, 신성하게 봉헌할 때, …

beim Bade, bei den heiligen Waschungen, bei den heiligen Opfern, …

– 제5권, 353쪽

이것은 구나 문장을 세 번 반복, 혹은 변형하여 그 문장을 하나의 별자리처럼 울리게 하는 종교적이고 장중한 3박자다. 아름답고 성스러운 효과를 주는 이러한 종교적 3박자 선율이 이 작품 전반에 걸쳐 흐르고 있다. 이런 의미에서, 최초로 헤세의 전기를 쓴 후고 발 Hugo Ball은 『싯다르타』를 인도의 음악으로 이해했다.

『싯다르타』는 내용으로도 3부로 구성되어 있다. 형식적으로는 반전운동을 함께했던 존경하는 벗 로맹 롤랑Romain Rolland에게 헌정하는 제1부와, 동양 연구에 많은 도움을 받은 사촌 빌헬름 군데르트 Wilhelm Gundert[28]에게 바치는 제2부로 구성되어 있으나, 내용으로는 강

---

28 헤세는 오랜 기간 동안 일본에 머물면서 동양 사상에 몰입한 사촌 군데르트로부터 중국 선불교의 고전인 『벽암록(碧巖錄)』을 독일어로 주석을 달아 번역한 '아주 값지고 진귀한 선물'을 받게 된다. 헤세는 이 책을 읽으면서 명상하는 일에 많은 시간을 할애했다.

을 중심으로 3부로 구성되어 있다. 제1부는 싯다르타가 강을 건너기 전 브라만의 정신세계와 자연의 세계에 대한 인식, 제2부는 강을 건넌 후 세속의 세계에서 관능에의 도취, 제3부는 다시 강으로 돌아와 흐르는 강물을 통한 각성으로 양극의 대립을 극복하고 성자가 되는 과정이다. 이는 각각 소나타 형식의 제시부, 발전부, 재현부에 해당된다.

제시부 – 정신의 세계와 자연의 세계

소나타 형식의 내면 공간에 흐르는 생명력은 그 소나타만이 가질 수 있는 독특한 조성[29]과 조성의 변화, 그리고 그 바탕 위 주제의 발전에 기인한다. 『싯다르타』의 내면에 흐르는 조성은 종교적 경건성이다. 그로 인해 『싯다르타』의 음은 『데미안』에서 흐르는 마성적인 어머니의 음악과는 달리 좀 더 높은 곳에서 비추는 낮의 밝은 빛과 미소 짓는 신의 광채로 가득 차 있다. 헤세에게 어머니는 어둡고

---

29 조가 지니는 그 자신만의 독특한 성격을 소나타 형식으로 된 베토벤의 교향곡으로 예를 들어 본다. 〈운명 교향곡〉 1악장 다(c)단조의 내면에는 운명이 문을 두드렸을 때의 비장함이 깊게 흐르고 있고, 〈전원 교향곡〉 1악장 바(F)장조의 내면에는 '시골에 도착했을 때 느끼는 밝은 감정'이라는 표제가 암시하듯 인간과 자연의 조화에서 비롯되는 명랑함이 밝고 평화롭게 흐르고 있다.

마술적이고 실체적인 영역에 속하지만, 아버지는 밝은 빛의 세계에 속한다.

제시부에 해당되는, 싯다르타가 강을 건너기 전의 전체적인 조성은 불교이다. 그러나 서주부의 조성은 힌두교이다. 브라만의 아들 싯다르타는 힌두교의 성전인 『우파니샤드』에서 "그대 영혼은 전 세계이다"라는 시구를 읽는다. 이 말은 소우주라고 할 수 있는 인간의 영혼에는 대우주의 모든 요소가 내재되어 있다는 뜻이다. 이러한 소우주적인 인간 영혼의 내면 심오한 곳에는 깊은 명상을 통해서만 느낄 수 있는 불멸의 아트만Atman, 眞我이 숨 쉬고 있다. 깊은 지식과 명상을 통해 영혼에 내재한 아트만을 인식하여 브라만Brahman, 梵과의 합일에 도달하는 것이 싯다르타 삶의 과제이며, 싯다르타 삶의 소나타 제1주제이다. 명상을 하면서 싯다르타는 삶의 목표를 노래한다.

옴은 활이요; 영혼은 화살이다.
브라만은 화살의 과녁이고,
그 과녁을 기필코 맞추어야 한다.

- 제5권, 359쪽

힌두교 메시지의 정수인 이 시구는 싯다르타 삶의 소나타 제1주제 선율이다. 말 중의 말, 시작과 끝의 의미를 지닌 '옴Om'은 싯다르타가 목표에 도달할 때까지 명상 중에 호흡에 맞춰 마음속으로 끊임없이 암송해야 할 만트라Mantra이다. 만트라는 '소리의 어머니'로서 개인의 리듬과 우주의 리듬을 연결해 주는 파장이다.

> 그는 이미 말 중의 말인 옴을 소리 없이 말할 줄 알았으니, 영혼을 집중해 … 숨을 들이쉬면서 옴을 소리 없이 자신 안으로 말하고, 숨을 내쉬면서 옴을 소리 없이 자신 밖으로 말할 수 있었다. 이미 그는 자기 존재의 내면 속에 불멸의 아트만이 우주와 하나라는 것을 알 수 있었다.
>
> – 제5권, 355쪽

옴은 '태초의 리듬'을 지닌 성스러운 음이다. 그러므로 옴은 밤과 낮, 삶과 죽음이라는 2박자의 천지 창조의 노래musica mundana요, 맥박과 호흡과 같은 2박자의 생명의 노래musica humana이다. 싯다르타는 명상 중에 2박자의 들이쉬는 숨과 내쉬는 숨에 맞추어 옴을 음송하면서 옴의 의미를 연상하여 옴의 음과 하나가 되도록 정신을 집중한다. 그는 바로 그 옴이 아트만과 브라만의 음이라는 것을 인식하게 된다. 만트라가 인간의 영혼 깊숙한 곳에 잠자고 있는 영적 에너지를 깨워 개인 의식이 우주 안의 지고 의식과 하나가 되도록 도와준 것이다. 싯다르타는 명상적 삶을 통한 옴의 인식은 곧 실천적 삶이 되어야 한다고 생각한다. 싯다르타의 아버지를 포함한 모든 힌두교도들은 성전에 대한 해박한 지식으로 축복 속에 살아가고 있지만, 싯다르타는 이들이 우주의 본질을 터득한 성자와 같은 완성자가 아니라 제식祭式의 의무감 속에 끊임없이 본질을 찾으려는 구도자에 불과하다고 생각한다. 그는 힌두교에 대해 의심과 회의를 품기 시작한다. 그는 종교의 형식적 교리를 통해서가 아니라 실제적인 체험을 통해서 자기 영혼 속에 있는 생명의 원천을 인식하는 것이 모든 의심에서 벗어나는 길이라고 생각해 집을 떠난다. 거의 모든 헤세 소설의 주인공들처럼 싯다르타도 '어느 곳에서도 고향처럼 안주하지 못하고 이별의 준비를 항상 하고 있는' 사람이다. 다시 말해 싯다르타는 끊임없이 조성의 여행을 떠나야만 하는 음악적 존재이다.

싯다르타가 집을 떠나기 전까지가 제시부 중 경과구 전반부에 해당된다. 경과구는 으뜸조의 제1주제와 딸림조의 제2주제, 즉 대립된 두 조 사이를 자연스럽게 연결해 주는 곳이다. 경과구의 전반부는 제1주제의 영향 아래서 제1주제에서 나온 소재로 진행되고, 후반부는 제2주제의 도입을 준비하기 때문에 제2주제를 향해 조가 변하기 시작하는 곳이라고 할 수 있다. 따라서 싯다르타가 집을 떠나는 것은 조성의 변화를 뜻하며, 이는 종교적인 정신세계에서 벗어나 자연의 세계를 인식하기 위해 필연적이다.

집을 떠난 싯다르타는 요가 수행을 통하여 아트만을 인식하기 위해 탁발 승려인 사문Samana이 된다. 요가란 원래 '하나 됨unio'의 뜻을 가진 말로, 몸과 마음, 인간과 신의 합일로 해석되어 명상과 수행 전반을 뜻한다. 요가 수행의 근본적인 목적은 개체 자아를 절대 자아인 브라만과 합일시켜 무한한 자유를 얻는 것이다. 요가 수행을 통해 싯다르타는 헤세 문학의 내재율인 3박자의 리듬과 같은 사문의 3가지 본질에 통달한다. 즉 '단식'을 통하여 본능적인 욕망에서 벗어나고, '명상'을 통하여 내면적 조화와 평화를 유지하며, '기다림'을 통하여 인내하는 마음으로 아트만에 도달하기를 기다린다. 그러나 그는 요가 수행을 통하여 인간의 모든 의지를 제거하여 허심虛心의 경지에 도달하더라도 그것은 영원한 것이 아니라 순간적이므로, 다시금 본연의 자기에게로 돌아오게 된다는 것을 깨닫는다. 그는 이러한 순간적인 황홀의 상태를 술 취한 목동도 느낄 수 있다고 생각한다. 결국 사문의 요가는 단지 순간적인 위안과 도취, 다시 말해서 일시적인 자아 도피의 기술에 불과한 것으로 본질적인 길이 아니라는 것을 깨닫는다.

사문을 떠난 후 싯다르타는 사밧티의 기원정사에서 삶의 끊임없는 윤회Sansara 업보를 벗어나 열반Nirvana의 경지에 도달한 부처 고타마Gotama를 만난다. 헤세는 고타마를 인간 형성 3단계인 종교의 경지에 도달했을 때 나타나는 밝은 빛, 즉 명랑성을 지닌 인물로 묘사하고 있다. 최고의 인식과 사랑을 상징하는 명랑성은 내적인 자기완성과 그로 인한 정신의 힘에서 발하는 밝은 빛과 명랑한 미소이다. 싯다르타는 조용히 내면을 향하여 미소 짓는 고타마의 얼굴 뒤에는 삶의 번뇌를 해탈한 승화된 순수함이 내재되어 있으며, 그의 자태는 정신의 힘에 의한 영원한 평화와 완성을 말해 주는 언어라는 것을 발견한다. 싯다르타는 사라지지 않는 빛과 침해할 수 없는 평화의 영역에서 발하는 부처의 명랑성을 발견한 것이다. 그러나 싯다르타는 각자覺者 고타마의 표정과 행위에서는 성스러움을 발견하나 그의 가르침인 사성제와 팔정도[30]에서는 성스러움을 발견하지 못해 고타마를 떠난다. 왜냐하면 언어로 표현되는 진리는 진리 그 자체가 아니라 미망과 모순이 이미 그 속에 내재되어 있으므로, 고타마는 열반을 말하지만 사실은 열반 자체가 존재하는 것이 아니라

30 사성제는 삶의 고뇌에서 벗어나는 네 가지 진리를, 팔정도는 고뇌를 완전히 없애는 데 이르는 여덟 가지 수행 종목을 가리킨다.

열반이라는 말이 존재할 뿐이라는 것을 깨달았기 때문이다.

열반이라는 것은 존재하지 않고 열반이라는 말만 존재한
다네.

- 제5권, 466쪽

열반은 개념이 아니라 실제이다. 그러므로 싯다르타는 자기완
성이란 이미 완성된 교리를 통하여 이루어지는 것이 아니라 스스로
의 체험을 통하여 이루어지는 것이라고 생각한다. 고타마의 해탈의
길은 그 자신의 독특한 체험을 통하여 인식한 고타마 자신의 길이지
싯다르타의 길이 될 수는 없다. 해탈의 지혜는 스스로의 체험을 통
해서만 얻는 것이지 가르칠 수 없다는 것이다. 부처와 같이 자기만
의 성스러운 삶의 법칙을 가지고 있는 사람은 완성자라고 할 수 있
지만, 그 뒤를 따르는 사람은 자신의 고유한 궤도와 법칙을 가질 수
없으므로 떨어지는 낙엽과 같은 존재라고 생각한 것이다.

한 편지에서 헤세는 싯다르타가 고타마를 떠나는 것은 바로 인
도 사상에서 벗어나려는 자기 의지의 표현이라고 했다.

『싯다르타』는 인도적인 사고에서 자유로워지려는 나의 표

현입니다. 그것은 내 책들의 행간에 숨겨져 있습니다. 나는 20년 동안 인도적으로 사고해 왔습니다. 물론 종교적인 의미의 신자는 아니지만 30세에는 불교 신자였습니다. 인도적인 교리는 물론 모든 교리에서 자유로워지려는 나의 길은 『싯다르타』에까지 이르렀지만, 내가 살아 있는 한 멈추지 않고 계속될 것입니다.[31]

- 루돌프 슈미트에게 쓴 편지 중

이것은 인도 종교에서 벗어나 보다 자유로운 세계로 향하려는 헤세 의지의 표현이며 나아가서는 모든 종교를 포괄하고 있는 이상 세계, 즉 우니오 미스티카에 도달하려는 원대한 포부의 표현이기도 하다.

이제까지 싯다르타는 자연의 세계를 거부하고 영혼에 내재한 아트만만을 인식하려 했다. 그러나 그는 자기 영혼에는 정신세계 외에 소나타의 제2주제라고 할 수 있는 자연의 세계, 즉 미를 추구하는 감각의 세계가 도사리고 있다는 것을 인식한다. 이것이 싯다

---

31 Hermann Hesse, *Materialien zu Hermann Hesses Siddhartha*, Bd. 1, Hrsg. v. Volker Michels, Frankfurt a. M. 1986, S. 193.

르타 제1의 각성이며 동시에 소나타 제2주제인 자연의 세계에 대한 인식이다. 새로운 출발이 뒤따르는 각성은 『싯다르타』뿐만 아니라 후기 작품에서 중요한 역할을 하고 있다. 각성은 '가장 깊은 내면의 신비스러운 소리'를 통해 영혼이 깨우쳐 의식이 확장되는 것을 의미한다.

각성자의 눈에 보이는 현상계는 '마라Mara의 마술'[32]이나 '마야 Maja의 베일',[33] 즉 힌두교도들이 생각하는 무가치하고 우연적인 미망의 세계가 아니라 있는 그대로의 아름다움의 세계였다. 싯다르타는 성가 리듬처럼 3박자의 리듬으로 자연을 찬미한다.

세상은 아름답고, 세상은 오색찬란하며, 세상은 오묘하고 수수께끼 같았다! 여기는 푸름이고, 여기는 노랑이며, 여기는 초록이었고, ….

– 제5권, 385쪽

---

32 마라는 불교에서 죽음의 악령, 유혹자이다.
33 마야는 산스크리트어로 실재가 아니라는 의미로 환상, 마술, 허상의 의미를 지닌다. 마야는 두 가지 특성을 갖고 있다. 첫째는 흔들림 현상(reflection)이고 둘째가 바로 베일 현상(veiling)이다. 마야의 베일 현상 때문에 브라만의 빛이 은폐되어 우리의 식별력이 흐려지고 브라만을 감지하지 못하는 무지가 생긴다. 쇼펜하우어는 『의지와 표상의 세계』에서 현상계는 '마야의 베일'에 싸인 허상이라고 했다.

푸름은 푸름이요 강은 강인 것이다. 모든 노랑과 푸름, 강과 숲이 처음으로 싯다르타의 눈에 들어온다. 싯다르타는 본질이란 사물 뒤에 있는 것이 아니라 사물 자체에 있다는 것을 깨달은 것이다. 그에게 정신과 자연, 사고와 감각 그 자체는 모두 가치가 있고 아름다운 것이어서 그는 두 세계의 신비한 조화에서 울리는 내면의 신비한 음을 듣는다. 싯다르타 영혼의 소나타는 대립된 두 주제에 의해서 아름다운 화성을 이루게 되었다.

발전부 – 정신과 자연의 변증법적 발전

싯다르타는 뱃사공 바수데바에 의해 강을 건너 자연의 세계인 관능의 세계, 현실의 세계로 들어선다. 그는 소나타 형식의 발전부에 돌입한 것이다. 싯다르타 영혼의 음악은 강을 건너기 전의 종교적이고 엄숙한 조성에서 디오니소스적 조성, 즉 감각적이고 물질적인 조성으로 완전히 전조된다. 발전부는 그 주제가 지니고 있는 폭발적인 에너지로 인해 주제의 행위와 갈등이 절정에 이르는 곳이다. 다시 말해 발전부는 조가 끊임없이 바뀌는 가운데 두 주제 사이의 조화로 인해 아름다움이 극치에 이르게 되고, 동시에 대립으로 인해 갈등이 쌓여 긴장이 절정에 이르는 곳이기도 하다. 세속적인 세계로 들어선 싯다르타는 아름다운 정원이 있는 유원遊園에서 미모

제2장 헤세, 소나타로 읽기

의 기생 카말라Kamala[34]를 만난다. 싯다르타는 카말라에게 사랑의 유희를 배우기 위해서는 좋은 옷, 좋은 신발, 지갑의 두둑한 돈이 필요하다는 것을 깨닫는다. 단식, 명상, 기다림이라는 정신세계의 3박자 리듬과 옷, 신발, 돈이라는 세속적 세계의 3박자 리듬이 대위법의 음악처럼 전개된다. 싯다르타는 카말라의 소개로 호화주택에 사는 상인 카마스와미Kamaswami 곁에 머물면서 요가 수행에서 터득한 단식, 명상, 기다림의 기술을 상술에 응용해 많은 사람들의 마음을 사로잡는다. 그로 인해 거액의 돈을 벌면서 좋은 옷과 멋진 신발을 구입하고, 지갑에는 돈이 두둑해졌다. 싯다르타는 카마스와미에게 상술을 배워 최고의 부를 누리고, 카말라와의 사랑의 유희에서 인간이 누릴 수 있는 관능적 환희의 극치를 맛본다. 실제로 인도 성애의 경전 『카마수트라』에 나오는 여러 행위들이 싯다르타와 카말라의 사랑의 유희에서 실행된다. 그는 정신세계를 망각하고 현실적이고 본능적인 삶에 빠져 완전히 소인이 된 것이다. 그러나 그는 현상계란 생성과 변화, 그리고 사멸의 법칙하에 끊임없이 윤회한다는 것을 깨닫는다. 현상계는 부처가 터득했던 일시적이고 무상한 현혹에 불과하다는 것을 실제로 체험한 것이다. 그리고 요가 수행이 육체적 자

---

34 인도의 사랑의 여신 캄마(Kamma)를 암시한다.

아를 제거하는 것처럼, 현실의 감각적인 생활은 정신적 자아를 멀어지게 한다는 것을 감지한다. 그는 감각 세계의 끊임없는 윤회 속에 극도의 절망을 느껴, 젊은 시절 건넜던 그 강으로 돌아가 강물에 비친 늙은 자기의 얼굴을 보고 죽음을 각오한다. 싯다르타 영혼의 소나타는 발전부에서 조성 여행의 정점, 즉 전조의 한계성에 다다른 것이다. 싯다르타는 자기의 모든 삶을 투영해 주고 있는, 흐르는 강물의 음을 듣는 순간 영혼 깊숙한 곳에서 울려나오는 옴의 음을 듣는다.

> 그때 그의 영혼의 아주 먼 곳에서, 그의 지칠 대로 지친 삶의 과거로부터 하나의 음이 섬광처럼 울렸다. 그것은 한 음절의, 하나의 말이었다. 그가 생각 없이 홀로 중얼거리듯 말한 그 한 음절은 모든 브라만 기도의 오랜 첫말이며 끝말인, '완전함' 혹은 '완성'을 의미하는 성스러운 '옴'이었다. 옴의 음이 싯다르타의 귀에 울리는 순간, 잠들었던 그의 정신은 번쩍 깨어나고, 자신의 어리석은 행동을 깨달았다.
>
> – 제5권, 421쪽

시작과 끝의 음인 옴을 듣는 순간 싯다르타는 제2의 각성을 하

제2장 헤세, 소나타로 읽기

게 된다. 싯다르타는 그의 만트라를 되찾은 것이다.

재현부 – 정신세계로의 귀환

원조에서 이탈된 조성이 다시 원조로 귀환하는 것처럼 소나타의 재현부에서 싯다르타는 속세의 세계에서 다시 종교의 세계로 되돌아온다. 이때 싯다르타의 영혼이 들려주는 소나타의 조성은 불교적이라기보다는 도교적인 성격을 띤다. 헤세 역시 인도의 옷을 입은 『싯다르타』는 "브라만과 부처에서 출발하여 도에서 끝난다"라고 했다. 그러므로 강물을 통한 싯다르타의 각성은 노자 사상의 영향에서 비롯된 것이다.

흐르는 강물을 통해 제2의 각성을 한 싯다르타의 새로운 목표는 자기의 삶을 투영하고 있는 강을 사랑하고 그 곁에 머물며 그 신비스러운 본질을 이해하는 것이다.

그는 마음속에서 새로이 깨어난 소리를 듣는다. 그 소리는 그에게 "강을 사랑하라! 강 곁에 머물러라! 강으로부터 배워라!"라고 말했다. 오, 그렇다. 그는 강으로부터 배우고 강에 귀를 기울이길 원했다. 강물과 강의 신비를 이해하는 사람은 다른 많은 것도, 많은 신비도, 모든 신비를 이해하는 사람이라는 생각이 들었다.

– 제5권, 431쪽

노자는 만물 중에 도에 가장 가까운 것은 물이라고 했다.[35] 물은 도의 최고의 상징인 것이다. 그렇다면 강의 본질을 이해한다는 것은 도를 이해하는 것이다. 싯다르타는 자신을 정신세계에서 현실세계로 옮겨 주었던 바로 그 뱃사공 바수데바 곁에 머물면서 그의 인도하에 강을 배운다. 바수데바는 부처 고타마처럼 가르치려 하지 않고 단지 싯다르타가 진리를 체험하게끔 안내만 해 준다. 진리는 가르침을 통해서가 아니라 스스로의 체험을 통해서 얻어지는 것이기 때문이다. 노자 역시 성자는 말없이 가르치며, 말로 표현할 수 있는 도는 이미 진정한 도가 아니라고 했다.[36]

싯다르타는 강물의 흐름에서 그 본질 자체는 변치 않으면서 매 순간 새롭게 변하는, 시간성을 초월한 영원한 현존을 예감한다.

강물은 흐르고 흐르며 항상 흐르나 항상 존재하고, 항상 똑

---

35 『도덕경』 8장, 32장, 66장, 78장 참조.
36 『도덕경』 1장, 2장 참조.

제2장 헤세, 소나타로 읽기

같으나 매 순간 새롭다는 것을 보았다. 오, 이것을 표현하고 이해하는 사람이라면! 그는 그것을 이해하고 표현하지 못하나, 단지 예감이, 아득한 기억이, 신적인 소리가 싹트고 있다는 것만을 느꼈다.

– 제5권, 432쪽

물은 끊임없이 흘러 샘물, 폭포, 강물, 바다가 되지만 그 본질은 같으면서 항상 현존하는 것과 같이, 탄생도 과거가 될 수 없고 죽음과 브라만으로의 귀환도 미래가 아니며 모든 것이 본질과 더불어 현존한다는 것을 깨닫는다.

역시 싯다르타의 전생도 과거가 아니며 그의 죽음과 브라만으로의 귀환도 미래가 아닐 것입니다. 아무것도 과거와 미래가 되지 않고, 모든 것은 현존하며 모든 것은 본질과 현재만 가지고 있습니다.

– 제5권, 436쪽

싯다르타가 강의 흐름에서 깨달은 것은 음악의 본질과 일치한다. 음악의 본질은 흘러가고 사라지면서 끊임없이 변하는 영원한 현재이기 때문이다. 싯다르타는 모든 인간적인 의지를 제거하고 영혼의 문을 열어 놓은 채 강의 음에 계속 귀를 기울인다. 그는 강의 흐름에서 왕의 소리, 전쟁의 소리, 동물의 소리, 사랑의 소리, 산모가 신음하는 소리 등 수천 가지의 변화된 소리, 즉 다성多聲의 세계 음악인 브라만의 음을 듣는다. 그리고 그는 기쁨의 소리, 고통의 소리, 선의 소리, 악의 소리, 웃는 소리, 우는 소리 등 수천 가지의 삶의 소리, 즉 그의 영혼에서 연주되는 삶의 음악인 아트만의 음을 듣는다. 드디어 그는 바수데바의 인도로, 그러나 바수데바의 가르침이나 교리에 의해서가 아니라 흐르는 강물의 선율에서 다성의 삶의 소리, 항상 지금 흐르는 현존의 소리, 본질 자체는 변치 않으면서 영원히 변화하는 소리를 듣고 자기 영혼 심오한 곳에서 울려 나오는 전체의 하나의 음인 옴을 듣는다.

> 그리고 싯다르타가 이 강에, 수천의 소리로 된 이 노래에 주의 깊게 귀를 기울였을 때, … 그때 수천의 소리로 된 위대한 그 노래는 오직 한 말로 이루어졌다. 그것은 옴, 즉 완성이었다.
>
> — 제5권, 458쪽

제2장 헤세, 소나타로 읽기

태초의 신비스러운 음인 옴은 깊은 명상을 통해 영혼의 가장 심오한 '황금 층'에서만 들을 수 있는 '우주의 음'이다. 옴은 언어로 표현할 수 없는 순수 언어Logos로서 모든 명칭과 형태의 어머니요, 가장 성스러운 말이며 동시에 모든 음의 발원지이다. 그리고 옴은 '이미 존재했고, 존재하고 있거나, 혹은 존재해야 할 모든 것의 원천'이다.

싯다르타는 다성의 위대한 세계 음악과 삶의 음악은 옴이라는 한 음에서 비롯된다는 것을 인식한다. 이것이 싯다르타 제3의 각성이다. 그 순간 브라만과 아트만, 대우주와 소우주, 우주 음악과 인체 음악이 하나 되어 싯다르타는 바수데바(산스크리트어로 '그 사람 속에 모든 것이 살아 있고 그 사람은 모두 속에 살아 있는 것'을 의미함)로 성화聖化한다. 뱃사공 바수데바는 강 자체이고 신이며 영원한 것 자체이다.

> 싯다르타는 자기에게 귀를 기울이고 있는 이 사람이 더 이상 바수데바가 아니고 더 이상 인간이 아니며, … 움직이지 않는 이 사람은 강 자체이며 신 자체이고 영원한 것 자체라는 것을 점점 느꼈다.
>
> – 제5권, 456쪽

그러므로 바수데바와의 일치는 싯다르타가 다양성, 동시성, 전체성, 합일성을 상징하는 강 자체가 되는 것이다.[37] 그리고 바수데바가 도의 화신이고 강이 도의 형상화라고 할 때, 싯다르타는 도 자체가 되는 것이며, 옴의 음은 도의 음이 되는 것이다. 이와 같이 소나타의 제1주제라고 할 수 있는 싯다르타의 자기완성 목표는 도교적 조성하에 이루어졌다고 하겠다. 제2주제, 즉 감각과 속세의 세계를 대표하는 카말라도 싯다르타 곁에서 죽음으로써 으뜸조인 종교의 세계로 귀의하게 된다. 재현부에서, 제1주제는 물론 딸림조에서 출발한 제2주제도 으뜸조로 귀환하듯 싯다르타와 카말라는 정신세계, 즉 종교의 세계로 되돌아온 것이다.

코다coda와 명랑성

종결부 코다는 으뜸조의 승리를 단언하며 소나타를 장중하게 마무리 짓는 곳이다. 이 작품의 마지막 장 「고빈다Govinda」는 싯다르타 영혼의 소나타의 코다에 해당된다.

싯다르타는 바수데바에 이어 뱃사공이 된다. 뱃사공은 정신의 세계와 자연의 세계를 서로 건네주는 봉사자이다. 뱃사공 싯다르타

---

37 고빈다는 싯다르타의 얼굴에서 "모두 왔다가 사라지고, 그러나 모두 동시에 현존하며, 모두 영원히 변화하며 새로워지는 수백 수천의 얼굴들의 흐르는 강을 보았다"(제5권, 469쪽).

는 부처 고타마의 제자가 된 옛 친구 고빈다를 만나 각성과 해탈의 과정을 설명한다. 강물을 통해 각성한 싯다르타는 고빈다에게 사물 자체는 부처가 말한 마야의 환영이 아니라 인간과 똑같은 존재이기 때문에 사랑할 가치가 있다고 말한다.

고빈다는 말했다. "그러나 자네가 말하는 '사물'이라는 것은 도대체 실재적인 것이고 본질적인 것인가? 그것은 단지 마야의 속임수나 환영이나 가상이 아닌가? 자네가 말하는 돌, 나무, 강은 도대체 실재적인 것인가?"

싯다르타는 말했다. "역시 나는 그러한 것에 그리 관심이 없네. 사물이 가상이라면 나 역시 가상이네. 사물은 항상 나와 같은 것이네. 사물이 나에게 사랑스럽고 존경할 만한 가치가 된다는 것은 그것이 나와 같은 존재이기 때문이네. 이러한 이유에서 나는 사물을 사랑할 수 있다네. 자네가 비웃을 교훈이 하나 있네. 고빈다, 사랑은 나에게 무엇보다도 중요한 것이네. 세계를 통찰하고 밝히고 경멸하는 것은 위대한 사상가의 일이네. 그러나 나에게 오로지 소중한 것은 세계를 경멸하지 않고 사랑할 수 있다는 것, 세계와 나를 미워하지 않고, 세계와 나와 모든 존재를 사랑과 경이로움과 경외하는 마음으로 바라볼 수 있는 것이네.

- 제5권, 466쪽

부처 고타마의 제자인 고빈다는 정신세계만 긍정하고 자연의 세계를 부정하기 때문에 고빈다 영혼의 음은 단선율의 음악 Monophonie이라고 할 수 있다. 한편 두 세계를 긍정하는 싯다르타 영혼의 음은 두 선율을 가진 다성 음악Polyphonie, 혹은 두 주제를 가진 소나타라고 할 수 있다. 물론 이 음에 내재된 정신은 신비주의적인 요소가 있는 헤세의 경건주의 신앙에서 비롯된 것이다. 헤세도 『싯다르타』에서 인식보다 사랑을 위에 놓았다고 말한 바 있다. 분명 『싯다르타』는 인식이 아니라 사랑이 중심인 신앙의 책이다. 이 때문에 에른스트 로제Ernst Rose는 동양적인 색채에도 불구하고 싯다르타의 메시지를 기독교적으로 해석하고 있다.

고빈다는 싯다르타에게서 최상의 진리를 깨달은 성자에게서만 발하는, 순수하고 밝은 빛인 명랑성을 느낀다.

우리의 부처 고타마가 열반으로 들어간 이래로 나는 '이 사람이 성인이다'라고 느낀 사람을 더 이상 만나 본 적이 없다. 나는 이 싯다르타에게서만 발견했다. 그의 가르침이 기

제2장 헤세, 소나타로 읽기

이하고, 그의 말이 어리석게 들리지만 그의 시선과 손, 그

의 피부와 머리카락, 그리고 그에게 속한 모든 것은 순수

함과 고요함의 빛을 발하고 있고, 명랑성과 온화함, 그리고

성스러움의 빛을 발하고 있다.

– 제5권, 468쪽

·

명랑성은 내적 완성을 상징한다. 물론 싯다르타의 명랑성은 도를 상징하는 바수데바의 명랑성과도 일치한다. 그리고 고빈다는 부처의 미소에서와 같이 싯다르타의 미소에서도 "흘러가는 형상 너머 있는 단일함의 미소, 수천의 탄생과 죽음 너머에 있는 동시성의 미소", 즉 완성자의 미소를 본다. 그러나 싯다르타가 도달한 이상 세계는 부처가 무가치하다고 생각한 삶의 윤회에도 열반이 포함되어 있고, 죄 속에도 자비가, 어린아이 마음속에도 노인이, 죽음 속에도 영원한 삶이 포함된 세계이다. 그러므로 싯다르타 영혼의 소나타 중 코다에 흐르는 조성은 경건주의적 기독교가 가미되어 제시부의 조성인 힌두교와 불교, 재현부의 조성인 도교보다는 좀 더 확장된 우주적 조성으로, '세계의 모든 종교를 포괄하는 한 종교, 분리가 아니라 단일함을 의미하는 한 신을 추구'하는 신앙이다. 싯다르타가 도달한 세계는 서로 다른 문화적 한계성을 초월하여 동서양의 여러 종

교가 신비롭게 하나가 된 이상 세계인 우니오 미스티카라고 할 수 있다. 음악이, 스트라빈스키Igor Stravinski가 말한 것처럼 '일정한 정지 지점'으로 집중되는 충동의 연속이라고 할 때, 최종적인 휴식의 지점이 바로 싯다르타가 도달한 우니오 미스티카이다. 헤세는 이 우니오 미스티카의 세계가 우주의 언어인 음악과 깊은 관계가 있다는 것을『유리알 유희』에서 깊이 다루었다.

4. 불멸의 음악,『황야의 이리』

1) 불멸의 인간 모차르트

제1차 세계대전 전후의 시기에 헤세는 문명의 극단적인 아웃사이더였다. 스스로를 "대홍수로 인해 현대 대도시의 기계화된 세계 한가운데로 표류하는 한 마리 태고 세계의 동물"과 같다고 할 정도였다. 이 시기에 헤세는 자살을 생각할 정도로 최악의 위기를 맞게 된다. 삶의 위기는 동시에 음악의 위기를 가져왔다. 감수성이 예민한 헤세는 이 시대의 날카로운 음과 예술적인 것의 우주적 고요함 사이에 존재하는 끔찍한 모순을 고통스럽게 느껴야만 했다. 헤세의 자전적 소설 『클링조르』에서처럼 도처에 몰락의 음악이 울리고 있었다.

> 각자 자기의 별을 가지고 있습니다. 각자 자기의 믿음을 가
> 지고 있습니다. 내가 믿는 것은 오직 몰락 한 가지뿐입니
> 다. … 우리는 몰락에 직면해 있습니다. 우리 모두 죽어야
> 만 하고 다시 태어나야만 합니다. 위대한 전환이 우리에게
> 오고 있습니다. 큰 전쟁, 예술의 큰 변화, 서구의 위대한 몰
> 락, 이러한 것은 도처에 똑같습니다. 훌륭하고 우리 자신의
> 것이었던 옛 유럽의 모든 것이 죽어 가고 있습니다. 우리의
> 아름다운 이성은 망상이 되고, 우리의 돈은 종잇조각이고,
> 우리의 기계는 단지 쏘고 폭발하는 것일 뿐입니다. 우리의
> 예술은 자살입니다. 우리는 몰락하고 있습니다. 친구들이
> 여, 그것이 우리의 운명입니다. 옛 중국의 정鄭나라에서 울
> 리던 몰락의 음조가 연주되기 시작했습니다.
>
> — 제5권, 329-330쪽

헤세는 화가 클링조르처럼 모든 예술을 거부하게 된다. 전쟁
기간 동안 과거에 삶의 정당성과 위로를 주었던 음악을 완전히 잊고

있었지만, 그때 바로 모차르트 음악이 헤세에게 구원의 음악이 되었다. 헤세에게 모차르트는 "악기 음악과 인체 음악, 그리고 우주 음악에 대한 가장 성스럽고 위대한 여운"이었다. 모차르트 음악은 위기에 서 있는 헤세에게 '유머Humor'의 세계를 열어 준다. 유머는 불멸의 인간 세계로 넘어서는 다리이며 '단계'이다. 모차르트 음악과 헤세와의 이러한 관계가 『황야의 이리』에 잘 나타나 있다.

『황야의 이리』는 제1차 세계대전과 헤세의 정신 질환에서 비롯되는 정신적 위기를 노골적으로 표현했기 때문에, 헤세의 작품 중 가장 자서전적이면서 가장 논란의 대상이 되는 '유별난 작품'이 되었다. 『황야의 이리』에 묘사된 할러의 생활 환경이나 습관, 재즈 음악과 고전 음악의 관계, 심리 분석, 시민 사회의 속성, 지적 정신 분열로 인한 생활의 불규칙성과 심한 알코올 중독, 가면 무도회에서의 관능적 환락, 마술 극장의 환상 세계로의 몰입 등은 헤세 삶의 고백과 위기를 표현한 것이다. 다시 말해서 사실이 소설이 된 것이다.[38]

---

38 헤세는 『데미안』과 『싯다르타』를 발표한 후, 20세 연하인 젊은 성악가 벵거(Ruth Wenger)와 재혼하지만, 그녀와의 불화로 인해 우울증이 악화되어 최고조에 이르게 된다. 헤세는 골방에 혼자 살면서 불면증과 자살 충동에 시달렸다. 그는 다시 랑 박사의 정신분석 치료를 받아 가며 『황야의 이리』의 주인공 하리 할러처럼 술집을 출입하고 재즈를 즐기면서, 그 당시 취리히의 어느 호텔에서 문인들을 위해 열었던 가장 무도회에 참가했다.

제2장 헤세, 소나타로 읽기

혜세는 『황야의 이리』에서 문명의 아웃사이더[39]인 할러를 통해 그 시대의 문명과 시민 사회의 문화를 날카롭게 비판하고 있다. 혜세는 그 시대 문화의 살인적인 면을 반영한 재즈 음악을 몰락의 음악이라고 했다. 라디오에서 흘러나오는 헨델 음악을 "기관지염으로 인한 짙은 가래와 단물이 다 빠진 껌"을 내뱉는 것으로 표현한 사실을 보면 이 시대의 기계 문명을 상당히 증오하고 있다는 점을 알 수 있다. 이러한 점에서 『황야의 이리』는 음악 비판을 통한 현대 문명의 비판서라고 말할 수 있다. 그리고 시민 사회의 전형으로 투영된 어느 교수의 집에 걸려 있는 괴테의 동판 초상화를 마성적인 것과 심오함이 결여되어 있는, 단지 장식용으로 적합한 전시적인 그림이라고 했다. 이와 같이 혜세는 이상과 정신이 없고 겉만 화려한 기계화된 문화의 모체인 시민 사회를 세부적으로 분석해 놓고 신랄한 비평을 하고 있다.

혜세는 정신의 결여에서 오는 자기 시대의 이러한 모든 병폐를, 정의와 절도, 그리고 품위와 인간애가 내재된 훌륭한 독일 사상가와 시인들의 정신을 회상하는 것으로, 특히 모든 것이 포함되어

---

39 혜세 작품 중에 『황야의 이리』는 아웃사이더의 요소가 가장 잘 나타나 있을 뿐만 아니라, 나아가서 콜린 윌슨이 언급한 것처럼 "이제까지 쓰인 가장 통찰력 있고 가장 철저한 아웃사이더 연구서 중의 하나"이다.

있는 자기 자신의 독특한 마술 세계로 극복하려 했다. 헤세는 지금의 언어에는 신성함과 마력이 이미 상실되어 있으므로, 그 마술 세계의 표현은 음악, 특히 동화의 최상 형식인 오페라로만 가능하다고 생각했다.

삶의 마술적 파악은 나에게 항상 친근하다. 나는 결코 '현대인'이 되지 못해서 호프만의『황금 단지』, 혹은『하인리히 폰 오프터딩엔』을 모든 세계사와 자연의 역사보다도 더 가치가 있는 교과서라고 항상 생각하고 있다. … 나에게는 지금 귀중한 자아를 다시 세계로 빠뜨려, 무상함에 직면하여 영원하고 초시간적인 질서로 자신을 편입시키는 과제를 보여 줄 삶의 시기가 시작되었다. 이러한 생각이나, 혹은 삶의 음조를 표현하는 것은 동화라는 수단을 통해서만 가능하다는 생각이 들었다. 나는 오페라를 동화의 최고 형식으로 보고 있다. 아마도 남용되고 죽어 가는 우리의 말에서는 언어의 마력을 더 이상 믿을 수 없는 반면에, 음악은 역시 오늘날 아직도 그 가지에 낙원의 사과가 열릴 수 있는 생명의 나무라는 생각이 들기 때문이다.

– 제6권,「약력」, 407쪽

제2장 헤세, 소나타로 읽기

헤세가『황야의 이리』에서 할러에게 젊은 시절의 신이며 일생
동안 사랑과 존경의 목표가 된 모차르트를 불멸의 인간으로, 할러의
정신적 위기를 구원해 준 영혼의 지도자로 투영한 이유가 여기에 있
다. 헤세는 어느 독자에게 쓴 편지에서도,『황야의 이리』의 궁극적인
목표는 모차르트와 불멸의 인간이라고 밝힌 바 있다.

그리고 감각적인 재즈 음악에 도취되어 입장한 마술 극장은 디
오니소스적 화성 음악의 내면 공간이면서 동시에 분열된 두 세계를
마법의 다리로 연결해 주는 초월 음악의 내면 공간에 대한 비유이기
도 하다. 왜냐하면 바로 그 마술 극장에서 불멸의 인간인 모차르트
가 기다리고 있기 때문이다.

2) 마술 극장 소나타

헤세는『황야의 이리』에서 다음과 같이 언급했다.

모든 탄생은 일체에서의 분리를 의미하고, 아울러 신으로
부터 격리되어 제한된 세계에서의 고뇌에 찬 새로운 형성
을 의미한다. 일체로 되돌아간다는 것, 고뇌에 찬 개성화를
지양한다는 것, 즉 신이 된다는 것은 일체를 다시 포용할

수 있도록 자기 영혼을 확장시키는 것을 의미한다.

– 제7권, 248쪽

인간이란 시도이며 과도過渡이고, 정신과 자연 사이의 좁고
위험한 다리에 불과하다. 가장 깊은 내면의 운명은 인간을
정신으로, 신으로 내몰고, 그리고 가장 깊은 내면의 동경은
인간을 자연으로, 어머니로 다시 끌어당긴다.

– 제7권, 245쪽

이 말은 인간이 태어나 궁극적인 목표에 도달할 때까지의 정신
적 발전 과정을 표현하고 있다. 그리고 이 말은 도의 운동이나 헤세
의 인간 형성 3단계를 단적으로 표현한 말이며 아울러 소나타 형식
의 발전 과정을 표현한 말이기도 하다. 『데미안』과 『싯다르타』와 같
이 구원적 신앙 체험에 이르는 진정한 인간 형성 문제를 다루고 있
는 『황야의 이리』는 그 주제가 소나타와 같이 악곡적으로 구성되었
다고 헤세 자신도 한 편지에서 언급한 바 있다.

　　『황야의 이리』는 적어도 『골드문트』만큼이나 순수하게 예술
　　적입니다. 『황야의 이리』는 간주곡인 「논문」을 중심으로 소

나라와 같이 엄격하고 엄밀하게 구성되었으며, 이 「논문」의
주제를 면밀하게 다루었습니다.[40]

- M. W.에게 쓴 편지 중

헤세가 언급한 것처럼 이 작품은 소나타 양식을 엄격하게 지키
는 구조를 보여 주고 있다. 이런 의미에서 테오도르 치올코프스키
Theodore Ziolkowski는 『황야의 이리』를 산문 소나타로 보고 미학적으로
가장 완벽한 작품이라고 했다.

『황야의 이리』는 형식상 「편집자의 서문」, 「하리 할러의 수기」,
「황야의 이리에 대한 논문」으로 구성되었고, 내용으로는 역시 소나
타 형식으로 구성되었다.

제시부에 해당되는 「편집자의 서문」은 전형적인 현대 시민의 시
각으로 '이리 인간의 세계'와 '시민 사회의 세계'를 객관적으로 관찰
해 놓았다. 그 주제를 할러의 삶에 반영한 발전부인 「하리 할러의 수
기」는 '광인들만을 위해서'라는 조건이 붙어 있고, 예술가이자 시민
사회의 전형적인 아웃사이더로서 불멸의 인간의 길을 걷는 고뇌에

---

40 Hermann Hesse, *Materialien zu Hermann Hesses Der Steppenwolf*, Hrsg. v. Volker
 Michels, Frankfurt a. M. 1981, S. 143.

찬 이리 인간의 삶을 묘사하고 있다. 이 「수기」 안에 간주곡Intermezzo 형식으로 「황야의 이리에 대한 논문」이 삽입되었다. 간주곡은 규모가 큰 악곡이나 전례典禮, 연극 등의 중간에 삽입되는 음악이다. 하이네의 시집 『노래의 책』에 삽입된 「서정적 간주곡」이 그 작품에 보석 같은 역할을 하는 것처럼, 『황야의 이리』의 간주곡인 「논문」은 명상적인 수필 형식을 빌려 할러의 분열된 영혼을 미학적으로 분석해 놓았기 때문에 할러의 심리를 파악하는 데 중요하다. 재현부는 할러의 삶을 재투영한 초월의 공간인 '마술 극장'을 그린다.

제시부 – 동물적 본성과 인간적 본성

주제 제시부의 도입부에서 헤세는 『황야의 이리』를 할러가 묵고 있던 익명의 하숙집 주인의 조카가 편집한 것이라고 소개하고 있다. 이와 같이 『황야의 이리』가 그 구성 방법을 익명의 한 시민이 편집한 것으로 설정한 것은, 자신의 주관적 체험을 자기 자신에게서 끝나는 것이 아니라 그 시대 전체의 보편적인 체험으로 부각시키려는 의도에서 비롯된다. 50세의 이리 인간 할러의 영혼의 병은 한 개인의 광상이 아니라, 절망에 빠진 그 시대 지식인들의 비극과 회의에서 비롯되는 노이로제요, 나아가서는 그 시대 자체의 끔찍한 질병이라고 할 수 있다.

그러나 나는 할러의 수기에서 시대의 기록 그 이상의 것을
보았습니다. 왜냐하면 할러의 영혼의 병은 한 개인의 광상
이 아니라 그 시대 자체의 병이요, 할러가 속해 있는 세대
의 노이로제이기 때문입니다.

- 제7권, 203쪽

여기서 우리는 헤세가 할러의 개인적인 절망을 시대적인 절망
으로 한 차원 더 높이 끌어올려 시대적, 정치적 색채를 띠게 한 것을
감지할 수 있다.

편집자가 관찰한 할러는 두 영혼을 지닌 파우스트처럼 인간과
이리의 본성을 지닌 이리 인간으로, 이미 분열이 내재된 숙명적 비
극성을 지니고 있다. 그 비극은 영혼의 불협화음, 즉 영혼에 흐르는
대립된 두 주제를 조화의 화음으로 이끌지 못하는 데서 오는 것이
다. 할러는 질서, 예의범절, 의무 이행 등이 지배하는 전형적인 한
시민의 가정집 다락방에서 홀로 이리처럼 생활한다. 니체의 의미로
그는 문화에 의해 길들여진 온순한 '가축'이 아니라 '야생 동물'이다.
그는 현대 문화권에서 살면서 그 문화를 증오하는 아웃사이더이다.
왜냐하면 고뇌의 천재인 그는 순종하는 아벨이 아니라 이탈하는 카
인이기 때문이다. 편집자는 어느 음악회에 참석한 할러의 모습에서

그 기질을 재확인한다. 할러는 전통적 음악 기법을 사용한 고전 음악에는 행복한 미소를 짓지만, 바그너적 반음계 기법을 활용한 근대 음악에는 절망한다. 그렇게 대립을 보이는 음악은 프리데만 바흐(바흐의 장남)와 레거Max Reger(1873-1916)의 음악이다.

언젠가 나는 저녁 내내 교향곡 연주회에서 그(할러)를 관찰할 수 있었다. … 맨 처음 헨델 곡이 연주되었다. 우아하고 아름다운 음악이었는데 황야의 이리는 그 음악에도, 자기 주변에 마음을 두지 않고 자기 자신 속에만 침잠해 있었다. 어디에도 소속됨 없이 고독하고 낯설게 앉아 차갑고 근심에 가득 찬 표정을 하고 자기 앞만 내려다보았다. 그다음에 다른 작품인 프리데만 바흐의 짧은 교향곡이 연주되었다. 그때 나는 놀랍게도 한두 소절이 지나지도 않았는데 낯선 그 사나이가 미소를 지으면서 몰두하기 시작한 것을 보았다. 그는 완전히 자기 자신 속에 침잠하여 10여 분 동안 행복에 젖어 좋은 꿈을 꾸고 있는 듯이 보였으므로 나는 음악보다는 그에게 주목했다. 그 곡이 끝나자 그는 꿈에서 깨어나 똑바로 앉더니 일어서서 가려는 듯한 표정을 지었으나 그냥 앉아 마지막 음악을 듣기 시작했다. 그 곡은 레거의 변주곡이었다. 그 음악은 다소 길고 지루한 듯했다. 황야의 이리도 역시 처음에는 좋은 듯 주의 깊게 귀를 기울이더니, 거부하는 듯 주머니에 손을 넣고 생각에 깊이 잠기면서 이 번에는 행복하고 꿈꾸는 듯한 표정이 아니라 슬픈 나머지 화난 표정을 지었다.

- 제7권, 198-199쪽

고전 음악과 근대 음악에 대한 주인공의 대립된 반응은 『데미안』에서도 묘사되고 있다. 싱클레어는 시내를 배회하던 중에 교외에 있는 자그마한 교회에서 피스토리우스가 연주하는 바흐 음악과 레거 음악을 듣는다. 싱클레어는 피스토리우스가 연주하는 바흐 음악에는 '보물'이 숨겨져 있음을 인지하지만, 그다음에 연주되는 레거 음악에는 거의 반응이 없다.

끝으로 편집자는 "두 시대, 두 문화, 두 종교가 교차될 때만 인간의 삶은 실제적인 고통이 되고 지옥이 된다"라는 할러의 말을 회상하면서 할러의 수기를 소개한다. 예수의 십자가 고통이 인류의 구원을 의미하는 것처럼, 지옥을 가로지르는 할러의 고통은 구원을 위한 고통이다. 다시 말해서 소나타 두 주제의 갈등에서 오는 불협화음은 신적인 구원의 화음을 위한 전제 조건이다. 헤세도 할러의 수기는 고통과 위기를 기술하고 있지만 초개성적이며 초시간적인 신앙의 세계가 내재되어 있으므로 절망한 자의 책이 아니라 신앙을 가진 자의 책이라고 했다.

발전부 – 두 세계의 변주

할러가 남긴 수기는 이 작품의 주부이며 소나타 형식의 발전부에 해당된다. 할러는 소나타의 두 주제라고 할 수 있는, 잘 정돈된 시민 세계와 무질서한 예술가 세계라는 두 세계를 동시에 호흡하며 산다.

나는 나의 다락방 계단을 내려왔다. 그 계단은 오르내리기가 매우 힘든 낯선 세계의 계단이며, 철두철미하게 시민적이고 청소가 잘되어 있는 깨끗한 계단이다. 아주 예의 바른 세 세대가 사는 그 집의 지붕 밑에 나는 나의 은신처를 가지고 있다. … 나는 그 계단에서 조용함, 질서, 청결함, 예의, 온순함의 냄새를 맡기 좋아한다. 시민적인 것을 증오하면서도 그 냄새는 항상 나에게는 감동적이었다. 그리고 나는 그러한 모든 것이 끝나는 내 방의 문지방을 기꺼이 넘어선다. 거기에는 수북이 쌓여 있는 책들 사이에 담배꽁초와

제2장 헤세, 소나타로 읽기

포도주 병들이 널려 있으며, 모든 것이 무질서하고 끔찍했
으며 황폐했다.

- 제7권, 208쪽

공간적으로 할러가 사는 집의 계단 아래 세계는 가정이 있는
전형적인 시민 세계요, 계단 위의 세계는 노발리스와 도스토옙스
키 작품이 있는 전형적인 예술가 세계이다. 그리고 할러의 내면은
이미 인간 세계와 이리 세계로 분열되어 있다. 여기서 우리는 할러
의 외부 세계뿐만 아니라 내면세계, 즉 영혼의 음도 단선율이 아니
라 화성 조직을 강조하는 디오니소스적인 음악이라는 것을 알 수 있
다. 니체의 디오니소스적이며 분열적인 고뇌의 천부성을 타고난 할
러는 소박하고 아폴로적인 선율이 지배하는 시민적 삶에 새로운 의
미를 부여하기 위하여 지옥의 고통을 맛본다. 그는 그의 영혼에 울
리는 악마적 불협화음의 극치점에서, 어느 음악회 도중 목관악기로
연주되는 은은한 고전 음악을 듣는 순간 천상의 협화음인 '황금빛
신의 오라'를 감지해 질식 직전의 영혼을 구원받는다.

황금빛 오라가 번쩍였다. 나는 영원한 것을 회상했으며 모
차르트와 별들을 회상했다. 나는 한동안 다시 숨 쉴 수 있

었다.

- 제7권, 217쪽

불멸의 세계이며 천상의 화음인 모차르트는 할러의 영혼이 지니는 소나타의 궁극적인 목표다. 왜냐하면 모차르트의 자기완성은 삶의 분열과 깊은 고독을 넘어서서 불멸의 음악을 창조하는 데 있기 때문이다. 모차르트는 디오니소스적 화성의 위력을 초월해 있는 것이다. 할러는 이 음악을 듣는 순간 "더 이상 이 세상을 아무것도 거부하지 않고 두려워하지 않으며 모든 것을 긍정하고 모든 것에 자기의 마음을 맡긴다." 이때 그는 술집에서 흘러나오는, 소나타 제2주제라 할 수 있는 재즈 음악을 수용한다. 한때 이 시대를 반영한 재즈 음악을 몰락의 음악이라 하여 강력히 거부했지만, 재즈 음악에는 쾌락을 추구하는 거친 야만성과 소박하고 직관적인 관능미가 깃들어 있어 그의 마음을 끌었다. 할러는 이 재즈 음악의 수용으로 디오니소스적 도취와 황홀에 빠진 광인들만의 전용물인 「황야의 이리에 대한 논문」과 무정부주의적인 밤의 향연이 벌어지는 마술 극장의 광고지를 받는다.

「황야의 이리에 대한 논문」은 이리 인간의 본성을 심리학적으로 자세히 분석해 놓고 있다. 즉 소나타 발전부 내부 구조의 특징과 그 속에 내재된 음악의 본질을 논리적으로 분석했다. 이 논문에서 황야의 이리들은 이리와 인간이라는 두 영혼과 두 본질, 즉 신적인 것과 악마적인 것, 모성적인 피와 부성적인 피를 지니고 있으나 서로 조화를 이루지 못하고 끊임없이 적과 같이 투쟁하는 운명에 놓인 자들로 설명된다. 그러므로 "이들의 삶은 일정한 존재와 형태가 아니라 … 영원히 고통에 찬 움직임이며 부서지는 파도이다." 소나타의 발전부도 어느 한 조성에 머무르지 않고 끊임없이 변하는 곳이며, 그 바탕 위에서 두 주제의 대립으로 인한 긴장이 절정에 이르는 곳이다. 그러나 이리 인간이 불멸의 인간 영역에 도달하기 위하여 뼈저린 고통과 극단적인 고독을 지불해야 하는 것처럼, 성스러운 조성으로 상승하기 위해서 그 긴장은 필수적이다. 이 성스러운 화음이 이리 인간의 궁극적인 목표인 성자와 탕아의 동시적 긍정이 가능한 신적 유머의 세계이다. 이 유머의 세계에서만이 "법칙을 지키면서 법칙을 초월하고, 세상에 있지 않으면서 세상에 살고, 소유하고 있지 않으면서 소유하는 것"이 가능하다. 이 말은 음악의 본질을 일컫는 말이기도 하다. 음악은 가장 질서 정연한 정신의 언어이면서 동시에 가장 비이성적인 마성의 세계, 즉 로고스와 마술의 결합이고, 끊임없이 사라지면서 항상 현존하는 것이며, 또한 현존과 영원의 속성을 함께 지닌 것이기 때문이다.

이러한 유머의 세계로 할러를 인도한 사람은 음악의 화신인 헤르미네Hermine와 음악의 대표자인 파블로Pablo이다. 헤르미네가 '황금빛 신의 오라'가 내재된 불멸의 인간, 모차르트 음악의 화신이라는 것을 죽은 헤르미네의 얼굴에서 읽을 수 있다.

> 떨면서 나는 돌처럼 굳어진 이마, 뻣뻣해진 곱슬머리, 싸늘한 귓바퀴의 미광微光을 응시했다. 거기서 흐르는 냉기는 살을 에는 듯했으나 아름다웠다. 그것은 놀랄 만큼 진동하며 울려 퍼져 나갔다. 그것은 음악이었다! 옛날 언젠가 한번 두려움이면서 행복과 같은 이러한 전율을 느껴 보지 않았던가? 이미 한번 이 음악을 들어 보지 않았던가? 그래, 모차르트에게서, 불멸의 인간들에게서.
>
> – 제7권, 405쪽

헤르미네는 바로 모든 대립이 지양되어 신적 화음을 이룬 아름다운 소나타의 내면 공간이다. 왜냐하면 그녀는 창녀의 모습을 한 성녀聖女, 즉 정신의 세계와 자연의 세계를 동시에 지닌 완성된 인간이기 때문이다. 그녀는 양성적兩性的인 여성, 조화와 단일의 상징으로서의 여성인 것이다. 파블로도 역시 정신적, 관능적 음악의 대표자이다. 현실 세계에서 색소폰과 트럼펫을 연주하는 재즈 음악가인 그는 마술 극장에서는 모차르트의 모습으로 나타난다. 그는 유머의 세계를 인식하여 고전 음악과 재즈 음악의 대립을 드높은 차원에서 조화시킨 '숨은 성자'이다.

영혼의 인도자인 헤르미네는 정신세계로의 몰두로 질식 직전에 있는 할러에게 자아의 지나친 집착에서 오는 고립된 개성에서 벗어나는 길을 제시해 준다. 그 길은 개성의 해체를 가져다주는, 열광성과 야수성을 띤 디오니소스 축제인 것이다. 그녀는 할러에게 우선 유머 학교의 기초 과정으로 춤과 웃음, 즉 삶을 배울 것을 요구한다. 노발리스와 장 파울의 책이 있는 방에 재즈 음악이 울리면서 할러는 정신과 삶 사이의 갈등을 웃음으로 화해할 수 있는 삶의 기술을 배우기 시작한다. 진지성과 깊이가 없다 했던 재즈 음악이 인간을 미치게 할 수 있는 훌륭한 음악이 된 것이다. 계속해서 그녀는 정신세계에는 물론, 할러가 무시했던 자연 세계, 관능의 세계에도 신의 흔적이 있다는 것을 그녀의 분신인 마리아를 통해 가르친다. 싯다르타가 카말라를 통하여 감각의 세계로 인도되듯, 할러는 헤르미네가 보낸 '천국의 새' 마리아를 통하여 에로스 신의 마력에 끌리게 되고, 관능적 사랑의 추억이 깊은 곳에서 풍성하게 샘솟는다. 그 조각난 추억의 영상은 파괴할 수 없는 삶의 가치이며 재산이자 전설이므로, 고상한 것이며 영원히 반짝이는 별의 영광이자 '신의 파편'이라는 것을 할러는 인식한다. 음악적으로 말하면 소나타 제1주제와 대조적인 성격을 지닌 제2주제를 인식한 것이다. 소나타 형식이 성립되기 위해서 제2주제는 필수적이다. 그 조성은 으뜸조와 대립된 조의 성격을 지니고 있지만, 독립적인 것이 아니라 신의 파편처럼 으뜸조에서 파생된 딸림조이다. 그리고 헤르미네는 할러에게 영원의 세계, 즉 불멸하는 정신의 세계는 과거나 미래의 세계가 아니라 현실과 함께 존재하는 현존의 세계라는 것을 가르친다.

영원에는 후세가 없고 현세만 존재할 뿐입니다.

― 제7권, 343쪽

헤르미네를 통한 영원에 대한 인식은 음악의 본질에 대한 인식이기도 하다. 음악은 '과거와 미래와의 순간의 조화'를 이루면서 어둠 속에 빛을 가져다주는, 변화 속의 영원한 현재이기 때문이다. 그러므로 음악의 화신인 헤르미네는 할러에게 "칠흑같이 어두운 굴에 난 작은 창이요, 한 자락 빛이 비쳐 드는 작은 구멍이고, 구원이며 자유로 가는 길"이다. 제시부에서 질식 직전의 할러가 고전 음악에서 느낀 '황금빛 신의 오라'를 발전부에서는 헤르미네에게서 감득했

제2장 헤세, 소나타로 읽기

다고 할 수 있다.

이러한 음악의 본질, 즉 헤르미네를 할러는 마술 극장에서 그녀의 사자使者이며 음악의 대표자인 파블로를 통하여 배운다. 할러는 파블로에게 음악에 내재된 감각적이고 현실적인 요소를 증류시킨 정신적이고 순수 미학적인 면을 강조한다.

감각적인 음악만 존재하는 것은 아닙니다. 정신적인 음악도 존재합니다. 지금 이 순간에 연주되는 음악도 있지만, 이 순간에는 연주되지 않을지라도 계속 살아 움직이는 불멸의 음악도 존재합니다. 사람이 홀로 누워서 〈마술피리〉나 〈마태 수난곡〉의 선율을 머릿속으로 생각해 낼 수 있습니다. 그러면 단 한 사람도 플루트를 불거나 바이올린을 켜지 않아도 음악은 성립이 되는 것이지요.

— 제7권, 321-322쪽

할러는 정신적인 음악과 감각적인 음악을 구분하며, 모차르트 음악과 재즈 음악, 즉 신적이며 영원한 음악과 '천한 하루살이 음악'을 역시 구분하고 있다. 이러한 '이리 인간'적인 구분은 개성을 너무 신중하게 생각하는 것, 즉 유머의 세계를 모르는 것에서 비롯된다.

우선 헤르미네는 유머를 가르쳐 주기 위하여 할러를 가장 무도회에 초대한다. 가장 무도회는 할러를 삶의 진지함으로부터 해방시켜 준다. 자정 후 지옥과 같은 지하실에서 거행되는 무도회에서 할러는 파블로의 '악마의 악단'인 재즈 밴드가 연주하는 관능적 무곡에 도취되어 환락의 극치점에 다다른다. 할러는 더 이상 자기가 아닌, 소금이 물에 녹듯 자기의 개성이 축제의 도취 속에 해체된 상태에서 모두가 하나가 되는 환락의 '신비적 합일Uno Mystica'을 체험한다. 어느 예술보다도 음악, 특히 도취적인 음악은 다수의 인간을 같은 감정의 상태로 만드는 '마술의 본질'을 가장 많이 지니고 있다. 다른 커플들의 광적인 박수를 배경으로 할러는 무도회의 마지막 무곡에 맞추어 헤르미네와 자웅 동체적 단일함을 상징하는 밀교적인 '혼인의 춤'을 추며 '황홀한 꿈의 낙원'으로 들어간다. 소나타의 발전부에서 대립되었던 두 주제가 마치 인도나 티베트의 싯다Siddha 신비주의자들이 탄트라 요가 수행 중에 경험하는 영적 결합처럼 밀교적 합일을 이루게 된다. 이때 색소폰 연주자인 파블로는 할러를 불멸의 인간 모차르트와 괴테가 기다리는 마술 극장으로 안내한다. 정상적인 사람은 마술 극장에 입장할 수 없고 광인만 입장할 수 있다. 마술 극장은 현실에서의 거리와 개성에서의 해방을 요구하므로 자기 이성理性을 입장료로 지불해야만 하는 장소이다. 여기서 마술 극장은 이성이 지

제2장 헤세, 소나타로 읽기

배하는 장소가 아니라 비합리적인 마술적 사고가 지배하는 공간이라는 것을 알 수 있다. 그리고 광증은 타락이 아니라 정상적인 위치에서 벗어나 마술적 사고가 지배하는 장소, 즉 신비의 세계로 들어서는 것이기 때문에 "모든 지혜의 시작이며, 모든 환상과 예술의 시작이다." 마술 극장에 들어서자마자 할러 영혼의 소나타는 재현부에 들어선다.

재현부 — 모차르트의 명랑성

싯다르타가 강물의 흐름에서 자기의 전체 삶을 보듯, 할러는 마술 극장에서 파블로의 마술 거울을 통해 수천 개로 분리된 자기 영혼을 들여다본다. 마술 극장은 다성으로 된 디오니소스적인 음악의 공간이기도 하다. 수천 가지의 형상을 지닌 할러의 '이리 인간'적인 영혼의 음은 "환상적인 전체성"으로 조화하고 있기 때문에 마치 다채로운 관현악법으로 작곡된 환상 교향곡과도 같다. 악마 메피스토가 파우스트를 인도하듯, 파블로는 할러를 "기계 파괴의 환상적인 축제"로 인도해 할러 영혼에 잠재된 파괴욕과 살인욕을 보여 주었다. 또 동양식 장기를 두는 사람에게로 안내하여 장기말의 배열을 통해 삶의 유희가 지니는 무한한 다양성과 분열의 가능성을 보여 주었다. 다음, 황야의 이리 조련사에게로 안내하여 이리적인 본성과 인간적인 본성, 즉 카인과 아벨의 기질을 보여 주고, 사랑의 문으로 안내하여 관능적인 사랑의 기쁨을 다시 맛보게 한다. 할러는 영혼의 분열로 지옥과 천국이 교차되는 자신의 벌거벗은 모습, 즉 이리 인간의 본성을 만난다. 불협화음이 울리는 분열의 극치점에서 할러는 죽음을 기다리는 지친 자신의 모습을 거울로 본다. 그 순간 불멸의 인간 세계에서 오페라 〈돈 조반니Don Giovanni〉 마지막 장면의 음악[41]이 아름답지만 차디차게 흘러나오며 모차르트가 나타난다. 물론 마술 극장에서의 모차르트는 파블로가 변신한 것이다. 할러는 모차르트의 웃음, 즉 "고통의 피안에서, 인간에게서는 들을 수 없는, 신들의 유머에서 생겨난 밝으면서도 얼음같이 차디찬 웃음"을 듣고 상실했던 기쁨이 소생한다. 이 웃음이 바로 모차르트나 바흐 음악에 내재된 '황금빛 신의 오라', 혹은 "초인간적인 명랑성과 신적인 영원한 미소"이다. 할러는 베토벤 음악이 경이로울 정도로 아름답지만 신적 명랑성과 초월성이 깃들어 있지 않아 분열적이고, 몰락의 요소가 내재되어 있다고 했다. 그러므로 〈돈 조반니〉야말로 신적 유머가 깃들어 있는, 인간이 작곡한 최후의 위대한 음악이라고 모차르

41 〈돈 조반니〉의 클라이맥스인 마지막 장면에서 돈 조반니를 죽음으로 인도할 석상(石像)이 등장한다. 끊임없는 육체적 욕망에서만 자신의 존재를 확인하는 돈 조반니는 드디어 석상의 등장으로 지옥의 공포를 느끼게 된다.

트에게 말한다.

역시 베토벤도 있군요. 그 역시 훌륭합니다. 하지만 그 모
든 것이 아무리 아름답다 하여도 이미 단편적斷片的이고, 그
자체에 해체 요소를 지니고 있습니다. 〈돈 조반니〉 이후에
는 인간에 의해서 더 이상 완전무결한 작품이 만들어지지
못했습니다.

– 제7권, 399쪽

영혼의 디오니소스적인 분열은 파우스트처럼 정신적인 미의
극치를 체험하게 하지만 육체적 몰락이라는 희생을 요구하므로 현
실에 있어서는 매우 비극적이다. 현실과의 거리에서 오는 이 비극
성은 유머의 결여에서 비롯된 것이지만, 헬러는 이것이 로고스와 말
에 헌신하지 않고 표현할 수 없으며 형상화할 수 없는 '말 없는 언어'
를 동경하는 낭만적인 독일 정신에서 비롯된 것이라고 생각한다.
그리고 이 독일 정신에는 로고스의 음악이 아니라 신비적이고 마성
적이며 현실과 거리가 먼 도취적인 모권母權 음악의 정신이 그 헤게
모니가 되고 있어, 20세기를 또 다른 위기로 몰아넣을 수 있는 독소
가 내재되어 있다고 본다. 이 병적인 독소는 토마스 만이 언급한 것

처럼, 하계下界의 비합리적이고 마성적인 생의 힘이 이성적인 세계 관찰에 반항하여 보다 깊은 지식과 신성에 결속하려는 독일인 영혼의 고풍성에서 비롯된 것이다. 그러므로 할러는 자기와 음악과의 숙명적인 관계를 독일의 정신적인 사람들이 짊어져야 할 운명으로 확대하고 있다.

모차르트는 독일 낭만주의 정신을 대표하는 브람스와 바그너가 검은 옷을 입은 거대한 행렬을 이끌고 순례하는 모습을 할러에게 보여 준다. 모차르트는 너무 큰 규모의 기악 편성으로 신의 부적합 판결을 받은 브람스와, 혁명적인 대규모의 화려한 관현악법을 사용하여 종합 예술을 시도한 바그너를 베토벤에서 시작된 데카당스의 징후이며, 이는 개인의 잘못이 아니라 시대의 오류라고 지적한다.

> 큰 규모의 기악 편성은 바그너와 브람스의 개인적인 잘못이 아니라, 그 시대의 오류입니다.
>
> – 제7권, 400쪽

속죄의 순례를 하고 있는 바그너와 브람스처럼, 할러는 자기가 쓴 많은 책을 짊어지고 황야에서 헤매는 지친 순례자, 곧 자신의 모습을 본다. 그는 황폐하고 기계화된 이 시대의 모든 예술뿐만 아

제2장 헤세, 소나타로 읽기

니라 자기 자신까지 부정한다. 그러나 모차르트는 할러에게 혼돈한 현실 뒤에는 신의 세계가 있다는 것을 헨델의 〈합주 협주곡 바장조 Concerto grosso in F-dur〉[42]를 통해서 가르친다. 모차르트는 함석 깔때기가 있는 라디오를 거친, 짙은 가래침을 내뱉는 듯한 쇳소리가 나는 헨델 음악이 비록 그 순수성은 왜곡되었지만 파괴될 수 없는 신적인 것이 흐르고 있음을 보여 준다.

> 여보게, 격정적이거나 조롱하는 마음을 갖지 말고, 한번 들어 보게! 이 우스꽝스러운 기계의, 절망적으로 형편없는 베일 뒤에 아늑히 흐르고 있는 신들의 음악을.
>
> – 제7권, 407쪽

기계화되고 왜곡된 현실 뒤에는 신적인 것이 내재되어 있다는 것, 이것이 바로 "이념과 현상, 영원과 시간, 신적인 것과 인간적인 것 사이의 원초의 투쟁"이라는 삶의 비유이며, 두 주제를 가진 삶의 음악이다. 이 두 주제는 정신과 자연이라는 소나타 두 주제의 형이상학적 변주에 불과하다. 불멸의 인간이란 이 상반된 두 세계를 유

---

42 자연의 아름다움을 찬미한 이 곡은 헨델의 〈합주 협주곡〉 중에 가장 아름다운 곡이다.

머의 다리로 연결하여 더 이상의 갈등이 존재하지 않는 초월의 공간으로 들어선 성자를 말한다. 그러므로 성자의 미소는 신적 유머의 세계를 인식하는 데서 오는 명랑하고 밝은 성스러운 빛이며, 소나타 두 주제의 신적 화성에서 비롯되는 음악의 명랑성이기도 하다. 예를 들어 창녀이자 성녀인 헤르미네의 미소 짓는 얼굴이 마술 극장에서는 초월의 명랑성이 깃든 모차르트 음악으로 성화된다.

모차르트는 할러를 마술 극장의 마지막 '이쁜 형상 캐비닛'으로 안내한다. 이것은 헤르미네 '유머 학교'의 마지막 과정이라고 할 수 있다. 그 문을 여는 순간 할러는 파블로와 헤르미네가 벌이는 사랑의 유희 장면을 본다. 할러는 질투심으로 인해 그 순간을 참지 못하고 헤르미네를 죽인다. 그는 속도를 점점 늦추어 긴장을 완화시켜 마무리 짓거나, 새로운 진행으로 유도하는 음악의 속도 억제 기법인 리타르단도ritardando 사상을 이해하지 못한 것이다.

여보게, 친구. 흥분은 금물이네. 그때 리타르단도를 주의해 보았나? … 자네는 인내성이 없는 사람이니까 리타르단도의 사상을 명심해 두게.

— 제7권, 407쪽

할러는 리타르단도 사상을 이해하지 못해 헤르미네를 죽임으로써 마술 극장의 유머를 깬다. 그는 자신을 너무 신중하게 생각한 나머지 격정에 사로잡혀 마술 극장의 아름다운 형상 세계를 웃음으로 넘기지 못하고 현실로 착각해 살인한 것이다. 마치 「클라인과 바그너」에서 마약 중독자 클라인이 '바그너 극장'에 들어가 죽음의 유혹자이며 살인자인 바그너가 된 것과 같다. 할러는 유머의 세계를 인식하지 못해 신적 화음의 상징인 헤르미네와 일치하지 못하고 초월의 문턱에서 다시 비극적인 이리 인간으로 머물러야만 했다. 그는 마술 극장에서 유머 파괴죄로 유머를 인식할 때까지 영원히 살라는 판결을 받는다. 재현부는 그 조성이 원래의 위치인 으뜸조로 되돌아가지만 여기에는 해결을 위한 근본적인 낙관론과 확언이 깃들어 있는 것처럼, 할러는 삶의 장기말을 다시 배열하여 또 한 번 지옥의 고통을 맛보면서도, 언젠가는 신적 유머를 인식해 성스러운 협화음의 공간인 불멸의 인간 모차르트의 세계에 도달할 것을 확신한다.

언젠가 나는 장기말 놀이를 더 잘할 수 있을 것이다. 언젠가 나는 웃음을 배우게 될 것이다. 파블로가 날 기다리고 있다. 모차르트가 날 기다리고 있다.

– 제7권, 413쪽

155

이와 같이 할러 영혼의 소나타는 새로운 시작을 준비하는 할러의 군은 의지를 읽을 수 있는 코다와 더불어 끝난다. 여기서 우리는 『데미안』에서와 마찬가지로 헤세 소설의 특징이라고 할 수 있는 작품 끝의 개방성과 미완결성을 읽을 수 있다. 헤세는 할러 삶의 장기말 배열을 이번에는 중세 수도원으로 옮겨 헤르미네의 변주인 에바를 향해 로고스와 에로스의 변증법적 음을 전개한 『나르치스와 골드문트』를 창작했다. 그리고 『유리알 유희』에서 크네히트에게는 모차르트와 같이 초인간적인 명랑성과 영원한 신적 웃음을 지닌 바흐가 기다린다.

5. 로고스와 에로스 소나타, 『나르치스와 골드문트』

1) 고전주의 소나타

소나타 형식, 혹은 소나타 알레그로 형식은 음악의 신약성서로 비유될 만큼 고전주의 시대의 대표적 형식이다. 소나타 형식은 이미 언급한 것처럼 제시부, 발전부, 그리고 재현부와 코다로 구성되어 있다.

제시부에서 제1주제는 으뜸조로, 제2주제는 딸림조로 제시된다. 두 대립된 성격을 지닌 조 사이를 자연스럽게 연결해 주는 곳이 경과구이다. 이로써 으뜸조와 딸림조 사이의 강한 투쟁이 설정되고 종결구인 코데타codeta에 의해 제시부가 마무리된다. 물론 코데타는 딸림조이다. 으뜸조가 정적靜的 화음이라면 딸림조는 강한 힘을 지닌 동적動的 화음이다. 발전부에서 각각의 주제가 전개되면서 조성의 여행, 즉 조바꿈이 시작된다. 주제들이 때로는 '모티프'로 분할되고 때로는 새로운 형태로 재결합되면서 이에 따른 조성 역시 서로의 충돌에 의한 갈등이 극점에 이르게 된다. 주제들이 조성 여행의 한계점에서 집으로 돌아오는 순간, 즉 으뜸조로 귀환하는 순간 소나타는 이미 재현부에 들어선다. 재현부에서는 발전부에서 토막토막 분할되었던 각각의 주제가 본래의 모습으로 되돌아온다. 조성 역시 제시부에서 딸림조로 시작되었던 제2주제도 제1주제처럼 으뜸조로 전조된다. 많은 갈등 후의 화해처럼, 대립했던 두 주제가 같은 조 위에서 다정한 모습을 보이면서 소나타는 평정을 되찾게 된다. 순간 소나타는 코다로 이어져 소나타 전체를 회상하고 으뜸조의 승리를 단언하면서 끝을 맺는다.

소나타 형식의 진행 과정을 요약하면 다음과 같다.

제시부		발전부	재현부	
제1주제	으뜸조	1. 조성의 여행, 즉 새로운	제1주제	으뜸조
경과구	전조	조로의 끊임없는 전조	경과구	
제2주제	딸림조	2. 주제들의 분할과 변용	제2주제	으뜸조
코데타	딸림조	경과구→으뜸조로 귀환	코다	으뜸조

갈등의 절정

투쟁

안정   안정으로의 복귀

각 주제들의 조성의 운동 방향은 안정에서부터 투쟁의 방향으로 가다가, 갈등의 절정에서 다시 안정으로 복귀한다.

여기서 헤세의 작품 중에 가장 전형적인 소나타 형식으로 구성되어 있는 『나르치스와 골드문트』를 소나타 형식과 인간 형성 3단계, 그리고 노자의 '도'와 비교해서 분석해 본다.

제시부 - 의존과 이탈

극적인 템포와 불협화음이 흐르는 『황야의 이리』에 반해 『나르치스와 골드문트』에는 평정된 조화의 힘이 흐른다. 독일의 저명한 비평가인 쿠르티우스E. R. Curtius는 이 작품을 삶의 실체와 과제가 잘

나타나 있는 "헤세의 가장 아름다운 책"이라고 했다. 토마스 만 역시 이 작품을 독일의 낭만주의적인 요소와 현대의 분석심리학적 요소가 융합된 "비길 데 없이 아름다운 책"이라고 규정했다.

헤세는 골드문트의 위대한 삶의 3단계를 "나르치스에로의 의존과 이탈, 자유와 방랑의 시기, 귀환과 정착, 그리고 성숙과 결실의 시작"으로 보고 있다. 이 말은 조성의 이탈과 발전, 그리고 귀환의 음악 미학이라고 할 수 있는 소나타 형식과, 음양의 변증법적 순환 운동인 동양의 도, 그리고 헤세의 인간 형성 3단계를 일컫는 말이기도 하다.[43] 나르치스에로의 의존과 이탈은 1장에서 6장까지로, 이것은 인간 형성 첫 번째 단계인 순수 단계에 해당되고, 소나타 형식으로는 주제 제시부에 해당된다. 자유와 방랑의 시기는 7장에서 15장까지로, 인간 형성 두 번째 단계인 죄의 단계이고 소나타 형식의 발전부에 해당된다. 귀환과 정착, 그리고 성숙과 결실의 시작은 16장에서 끝까지로, 인간 형성 세 번째 단계인 신앙의 단계이면서 역시 소나타 형식의 재현부와 코다에 해당된다.

[43] 『나르치스와 골드문트』	인간 형성 단계	소나타 형식	도[道]「음양(陰陽)」
의존과 이탈	순수 단계	제시부	정(正)
자유와 방랑	죄의 단계	발전부	분(分)
귀로와 정착	종교의 단계	재현부	합(合)

'황금새'처럼 아름다운 소년 골드문트가 아버지의 손에 이끌리어 마리아브론Mariabronn(성모의 샘) 수도원[44]에 도착했을 때, 수도원의 분위기는 정신의 봉사에서 오는 경건함으로 가득 차 있다. 경건성과 밝은 명랑성의 조성은 이 작품의 전체적인 분위기일 뿐만 아니라 헤세 전 작품에 흐르는 분위기라고 할 수 있다. 이러한 경건한 조성 하에 엄격한 규율, 의무 봉사, 금욕의 정신을 강조하는 수도원의 정신, 즉 소나타의 제1주제가 종교적 분위기로 명랑하고 밝게 묘사된다. 선함과 겸손함으로 가득 차 있는 다니엘Daniel 원장, 수도 생활로 운명이 결정된 나르치스, 성자 다니엘의 시종이 되어 그로부터 순수하고 성스러운 삶을 배우려는 영혼 분열 이전의 골드문트 등은 여기에 속한다고 볼 수 있다.

싯다르타가 카말라를 통해서, 할러가 헤르미네를 통해서 감각의 세계를 맛보듯, 골드문트도 자기 내면의 외향성 운동인 감각 세계에 이끌리어 수도원에서 빠져나와 집시 리제Lise와의 입맞춤으로 관능의 달콤함으로 만발한 사랑의 화원과, 그 내면에 공포와 욕망과

죄의 고통이 내재된 위험스러운 마성을 어렴풋이 감지한다. 이러한 경과구에 이어 떨림조로 조바꿈이 되어, 수도원의 경건한 선율인 제1주제와 대조되는 제2주제, 즉 사랑으로 충만한 삶의 선율이 달콤하면서 유혹적으로 은은히 울린다. 제2주제는 감각의 총체를 의미하는 어머니 신화이자 제1주제에서 떨어져 나온 속음屬音이므로, 고향 상실자로 끊임없는 조 여행을 시작해야 할 운명을 지닌다. 소나타 제2주제는 제1주제와 반대로 대개 선율적인 가요풍의 성격을 지닌다.

예술가적 기질을 지닌 골드문트의 영혼 속에 꿈틀거리는 마성은 마치 신이 마법의 문자로 우주를 창조하듯, 마법의 문자로 환상적인 정원을 가꾼다. 데미안과 싱클레어, 헤르미네와 할러와의 관계와 같이, 깨어 있는 자 나르치스는 골드문트의 내면에 '은밀한 적', 즉 마성이 활동하고 있다는 것을 감지하여 그 신비스러운 마성을 엄격한 신의 말씀이라는 두꺼운 알에서 해방시켜 주려고 한다. 그래서 그는 골드문트가 걸어가야 할 운명의 길은 정신의 길, 말씀의 길이 아니라 자연의 길, 예술가의 길이라는 것을 암시하여 준다.

그것은 마법의 문자야. 그 문자로 모든 악령을 불러낼 수 있지. 물론 그런 문자는 학문을 추구하는 데에는 적합하지

않아. 정신은 고정된 것, 형상화된 것을 사랑하고, 자기의
기호에 의존할 수 있기를 바라거든. 정신은 변화하는 것보
다는 존재하는 것, 가능한 것보다는 현실적인 것을 사랑해.
정신은 오메가가 뱀이나 새가 되는 것을 허용하지 못해. 정
신은 자연 속에서는 살아갈 수가 없고 단지 자연에 맞서서
자연의 맞수로서만 살아갈 수 있는 것이지. 골드문트, 이제
너는 결코 학자가 되지 못한다는 것을 믿겠지?

— 제8권, 66쪽

　나르치스가 골드문트를 해방시켜 주지 않았다면 골드문트의
영혼은 끊임없이 분열되어 방황하는 고뇌에 찬 황야의 이리가 되었
을 것이다. 골드문트는, 자기를 "어두운 선율로 충만한 깊은 샘으로,
동화적인 체험으로 충만한 다색의 심연으로" 인도한 마성은 그동
안 망각해 왔던 자신의 어머니의 음이며 나아가서는 원초의 어머니
인 에바의 음이라는 것을 깨닫는다. 어머니의 부르심은 음악 속으
로, 불확실함 속으로, 혼돈 속으로, 고뇌 속으로, 죽음 속으로 유혹
하는 소리이다. 드디어 골드문트는 정신의 세계인 수도원에서 빠져
나와 어머니의 인도로 "밤 속으로, 숲속으로, 말과 사상이 없는 신비
하고 눈에 보이지 않는 나라로" 들어선다. 이 부분은 마치 도가 공허

空虛하지만 무궁무진한 유有의 작용을 하는 것과 같이,[45] 골드문트 영혼의 소나타가 발전부에서 무한히 변형될 수 있는 가능성을 암시하는 제시부 종지終止, cadence인 딸림조의 코데타라고 할 수 있다. 으뜸조와 대립되는 딸림조의 코데타는 다시 으뜸조로 돌아가기 전에 무한한 모험을 기약하는 곳이다.

여기서 제1주제를 대표하는 나르치스와 제2주제를 대표하는 골드문트의 대립, 즉 로고스에 대한 에로스, 양에 대한 음, 아니무스 Animus에 대한 아니마Anima,[46] 구체적으로 언급하면 정신과 말씀의 봉사에 대한 관능과 음의 세계로의 도취, 부성적인 것에 대한 모성적인 것, 이념이 고향인 것과 대지가 고향인 것, 사색가에 대한 예술가, 황야에 깨어 있는 것과 어머니 품속에 잠자는 것, 태양이 빛나는 것에 대한 달과 별의 반짝임, 소년의 꿈에 대한 소녀의 꿈 등의 상반된 선율에는 서로 독립적으로 울리지만 언젠가는 서로 대위되어 서로의 대對주제로 드높은 차원에서 아름다운 신적 화음을 낼 수 있는 가능성이 내재되어 있다. 왜냐하면 나르치스와 골드문트는 신적 재

---

45 『도덕경』 4장 참조.
46 아니무스와 아니마는 융의 콤플렉스 심리학에서 인간의 집단 무의식의 원형(Archetyp)을 말한다. 아니마는 남성의 무의식 속에 있는 여성적인 성격의 상과 원리를 말하고, 아니무스는 여성의 무의식 속에 있는 남성적인 성격의 상과 원리를 말한다. 아니마가 심상을 전달한다면 아니무스는 로고스의 성격을 지니고 있기 때문에 의미를 전달한다.

능을 부여받은 '고귀한 인간'으로, 자신의 운명으로부터 독특한 경고, 즉 영원한 축복과 신으로의 복귀라는 천명을 받았다는 공통점을 가지고 있어서 극과 극인데도 불구하고 서로 끌어당기는 친화력을 잠재적으로 소유하고 있기 때문이다. 그러므로 두 영혼은 둘로 완전히 분리된 형상들이 아니라 서로의 내면에서 양극으로 존재하기 때문에 둘의 우정의 이야기는 독립된 두 음악이 아니라 두 주제를 가진 소나타라고 할 수 있다.

발전부 – 자유와 방랑

『싯다르타』에서와 같이 『나르치스와 골드문트』에서도 아버지의 세계인 정신과 어머니의 세계인 자연을 분리시켜 주는 상징적 공간은 물이다. 골드문트는 아버지의 의지에 따라 들어갔던 수도원, 즉 학식과 금욕과 미덕이 지배하는 정신의 세계에서 벗어나, 개울을 건너 에바의 부르심에 따라 성과 사랑, 자유와 방랑, 그리고 죽음과 무상함이 지배하는 자연의 세계로 들어간다. 정신의 세계인 수도원에서 완전히 벗어난 것이다. "이 큰 세계가 지금은 현실이 되었고, 그는 그 세계의 일부이고, 그의 운명은 그 세계 속에서 안주하게 된다." 경건한 분위기가 짙게 깔려 있던 조성은 이제 세속적이면서 환상적인 조성으로 바뀐다. 소나타의 중간 부분인 발전부, 혹은 "환상곡 영역"

으로 들어선 것이다. 발전부는 제시부의 주제에 의한 동기들이 정교한 전조에 의해 자유로운 환상 음악을 전개하는 곳이다.

자연의 세계에 들어간 골드문트는 끊임없는 방랑에서 만난 리제, 뤼디아, 율리에, 레네 등의 여인들을 통하여 사랑의 유희에서 오는 관능적 환희의 극치는 산모의 위대한 고통의 표정과 일치하고, 나아가서는 자신이 살해한 빅토르가 죽어 가는 표정과도 근본적으로 일치한다는 것을 깨닫는다. 이것은 제2주제의 주요 동기인 에바가 신비스럽게 변형된 표정이며, 소나타 발전부의 기본 기법인 '음형의 변형Transformation'이다.

소나타는 원조와 그에서 이탈된 대립된 조 사이의 드라마이므로, 원조에서 분리된 조성이 여행을 시작하여 그 여행이 극치에 다다를 때, 즉 전조의 한계에 이를 때, 그 전조된 조성은 원조를 동경하면서 원조의 당기는 힘에 의해 원조로 귀향한다. 이와 같이 골드문트도 수도원을 떠나 자연의 세계를 방랑하면서 성적 쾌락의 무상함과 살인에 의한 공포로 삶의 한계점에 다다를 때, 스승 니클라우스Niklaus가 살고 있는 어느 수도원으로 찾아온다. 그는 수도원 앞 니클라우스가 조각한 마돈나상像을 보고 "가장 아름답고 자비로운 얼굴에 많은 고통이 깃들어 있고, 동시에 그 고통이 바로 행복과 웃음이 되었다"라는 것, 즉 모든 것은 가장 심오한 곳에서 똑같다는 것을

알게 된다. 그리고 자기 영혼 속에 흐르는 분열된 두 선율의 조화 가
능성을 예술에서 찾을 수 있음을 깨닫고 예술가가 되기로 결심한다.

조성은 다시 원조인 으뜸조로 돌아온다. 골드문트는 수도원에
서 니클라우스의 문하생이 된다. 그는 분열과 모순에서 오는 영혼
의 불협화음을 넘어서서 정신적으로 승화된 얼굴에서 발하는 경건
함과 평화로 충만한 요한상을 완성한다. 그러나 이 요한상을 창조
한 것은 자기 영혼의 심오한 곳에서 살아 움직이는 나르치스라는 것
을 깨닫는다.

그 상을 만든 사람은 원래 내(골드문트)가 아니라 그(나르치스)
입니다. 그가 나의 영혼 속에 그 상을 가져다주었습니다.

– 제8권, 178쪽

두 영혼이 예술에 의해서 조화의 화음으로 이루어진 것이다.
즉 예술 속에서만이 심오한 대립의 화해가 가능하다. 예술은 "부성
적인 세계와 모성적인 세계, 정신과 피의 결합"이기 때문이다. 예술
은 가장 감각적인 것에서 출발하여 가장 추상적인 것으로 끝날 수
있고, 순수한 이념의 세계에서 출발하여 피투성이의 현실로 끝날 수
있다. 그러나 영원한 신비로 가득 찬 숭고한 예술 작품은 남성적인

것과 여성적인 것, 충동적인 것과 정신적인 것이 공존하는 이중의 얼굴, 고뇌에 차 있으면서도 웃고 있는 두 얼굴, 즉 영혼 속에 흐르는 대립된 두 선율을 가장 잘 표현한 것이다. 이것이 소나타 형식 발전부의 특징인 "각 주제의 변증법적 대립과 대위화代位化"이다.

요한상을 완성한 후 골드문트는 니클라우스 곁을 떠난다. 그 이유는 두 가지로 말할 수 있는데, 첫째는 그의 마음속에서 끊임없이 유혹하고 있으나 아직 도달할 수 없고 아직 먼 곳에 있는 인류의 어머니인 에바의 심상을 가시적 형상으로 만들기 위해서는 더 많은 자유와 체험이 뒤따라야 하기 때문이다. '인간은 항상 도중에 있고 항상 손님이므로 이별과 재출발의 각오는 필연적인 것'이며, 따라서 니클라우스는 '언젠가는 돌로 굳어져 영원하게 될' 인류의 어머니 품으로의 귀환을 위한 하나의 '단계'에 불과한 것이다.[47] 이러한 '단계'와 '떠남'은 헤세 작품을 이해하는 데 중요한 모티프가 된다. 둘째는 니클라우스가 조각한 마돈나상은 그에게 모범이 됐지만 스승 자체는 모범이 되지 못했기 때문이다. 불멸의 예술 작품을 위해서는 무한한 자유와 체험, 그리고 죽음까지도 필요하건만, 니클라우스는 정착하여 명예와 돈을 위해 많은 작품을 제작하고 주문받는다. 즉

---

47 헤세의 시 「비탄(Klage)」과 「단계(Stufen)」 참조.

시민 사회의 전형적인 인물로 투영되었다고 볼 수 있다. 헤세는 이미 『황야의 이리』에서 시민 사회의 문화, 즉 마성적인 것과 심오함이 결여되어 있고 단지 장식용으로만 적합한 동판화들, 이상과 정신이 없고 겉만 화려한 기계화된 세계 등을 신랄하게 비판했다.

불멸의 예술 작품은 기교보다는 진실성과 신비성이 내재되어야 한다고 생각한 골드문트는 니클라우스를 떠나 삶의 총체인 에바를 체험하기 위해서 다시 자유를 갈망하는 황야의 이리가 되어 방랑한다. 조성이 다시 원조에서 이탈하여 전조된다. 골드문트는 전 지역을 휩쓴 페스트를 만난다. "죽음의 바이올린이 도처에서 울렸다." 그 음은 거칠게 연주되는 몰락의 음악이다. 골드문트는 죽음의 음악에 도취되어 위대한 죽음의 나라로 걸어간다. 이때 에바의 상은 "메두사의 눈을 지니고, 고통과 죽음으로 가득 찬 무거운 미소를 짓고 있는 창백한 거인의 얼굴"로 나타난다. 에바상의 완전한 변용은 골드문트 영혼의 소나타 주제의 동기가 음형의 변형에 이어 '형태의 변화Metamorphosis'로까지 발전된 것을 의미한다. 형태의 변화는 역시 발전부의 기본 기법으로 속도, 리듬, 음정의 변화를 통하여 원형의 성격이 완전히 변한 것을 뜻한다. 지옥의 길을 걷는 할러처럼, 골드문트는 해골 악사가 뼈로 연주하는 음악에 맞추어 죽음의 춤을 추며 지옥과 좌절의 길을 걷는다. 골드문트는 죽음과 고통으로 가득 찬 세상에서 도피하기 위하여 '지옥 한가운데에 피어 있는 아름다운 꽃'을 꺾으려고 시도한다. 그러나 그 꽃, 다시 말해 아그네스와의 육체적 사랑은 골드문트를 더욱 절망에 빠뜨린다. 절망의 문턱에서 골드문트는 수도원장 요한이 된 나르치스에 의해 구원받는다. 소나타는 발전부의 끝에 다다른다.

소나타 형식 발전부의 끝인 복귀적 연결구가 의미하는 것처럼, 두 주제의 조성이 다시 원조로 귀환하므로 두 주제는 조화적 단일함을 보여 준다. 그러므로 복귀적 연결구는 상당히 암시적이다. 이처럼 두 주제라고 할 수 있는 나르치스와 골드문트 두 영혼의 합일성은 창조 정신에 내재된 '이데아'에서 비롯된다. 창조 정신 자체인 신이 신의 이데아로 창조한 것이 피조물인 것과 같이, 신의 모상_{模像}으로서 이미 창조 정신을 지닌 예술가가 그의 영혼 속에 존재하는 심상을 가시화한 것이 예술품이다. 그러므로 성스러운 신비의 빛을 발하는 예술품의 원형, 즉 이데아는 예술가 영혼 속의 원초적 고향으로 피와 살이 아니라 정신이다. 그렇다면 정신의 세계인 이데아는 예술가의 세계이자 철학자의 세계이고 동시에 신학자의 세계이다. 드디어 골드문트는 예술을 통해 정신의 세계로 들어와 나르치스와 동료가 된다.

두 개의 선율이 독립적으로 서로 다르게 움직일 경우와 의존적으로 움직일 경우가 있을 때, 전자 즉 독립성이 인정되는 횡적 현상을 대위법적 조직이라고 하고, 후자 즉 상호의존적 종적 현상을 화성법적 조직이라고 한다. 모든 현상계의 내면과 인간의 영혼 속에 무수히 분열되어 흐르는 상반된 선율은 대위법적으로 구성되었지만 화성법적으로 발전하고 있다. 이처럼 나르치스와 골드문트의 상반된 두 영혼은 서로 대위되어 '이데아'라는 드높은 정신적 차원에서 영원한 화음을 이루게 된다.[48] 단지 자기완성이나 자기실현의 길이 다를 뿐이다. 골드문트는 자연의 길을 통해, 나르치스는 정신의 길을 통해서 신으로 향하고 있다고 볼 수 있다. 예술가 골드문트는 신의 피조물을 사랑함으로써 무수히 떠오르는 자기 영혼 속의 심상을 예술 작품으로 재창조하여 신에게 접근한다. 반면 심상이 끝나

---

48 이것은 태기(太氣)[태극(太極)]의 운동과도 상통된다. 상반 긴밀한 유대의 음양 운동은 조화로의 하나로 나아가는 운동이다. 이 하나는 음극과 양극이 합해져서 이루는 하나가 아니고, 이들 음양 양극 위에서 양극을 동시적 동등으로 인정하면서 이들 위에 설 수 있는 보다 높은 단계의 하나, 곧 음양 양극의 궁극적인 조화로 주어진 하나이다.

는 곳에서 철학이 시작된다는 사색가 나르치스는 세계가 형상에 의해서가 아니라 개념과 형식으로 이루어졌다고 보고 있다. 나르치스는 "모든 개념과 형식의 최상은 완전한 존재, 즉 신이다. 존재하는 모든 다른 것은 단지 반이며 일부이고, 변화하고 있고, 혼합되어 있으며, 여러 가능성으로 성립되어 있다. 그러나 신은 혼합되어 있는 것이 아니라 하나요, 어떠한 가능성을 가지고 있는 것이 아니라 전적으로 현실"이라고 생각한다. 그러므로 불완전한 인간은 개념화되고 형식화된 최상의 이성인 신의 말씀을 따를 때만 신에게 한 단계 가까워져 보다 완전해질 수 있고 신의 사랑을 받을 수 있다는 것이다. 이와 같이 상반된 자기완성의 길을 걷고 있는 나르치스와 골드문트는 서로 독립적으로 걷고 있지만 서로의 적으로서가 아니라 친구로서 보완해 주고 있다.

사랑하는 친구여, 우리 둘은 태양과 달이며 바다와 육지야. 우리의 목표는 서로를 바꾸는 것이 아니라, 서로를 인식하고, 서로 반대되는 것과 보완할 것을 서로가 보고 존경하는 법을 배우는 것이야.

– 제8권, 47쪽

드디어 골드문트 영혼의 소나타는 그가 신에게로 귀환함으로 써 전조되었던 복잡한 영혼의 조성이 다시 경건한 분위기의 으뜸조로 돌아와 조성의 끊임없는 여행은 끝난다. 순간 소나타는 발전부에서 재현부로 들어선다. 그래서 "재현부의 시작은 소나타 형식의 심리학적 절정"이 된다.

재현부와 코다 ― 귀환과 결실

골드문트는 수도원장이 된 나르치스와 다시 마리아브론 수도원으로 돌아온다. 그는 종교적 수련을 통해 그 옛날 수도원 시절보다도 더 높은 정신의 세계로 들어간다. 그는 복음 전도자의 목상과, 순수함과 선함으로 충만한 다니엘 원장상을 완성하고, 마지막으로 그의 모든 청춘을 요구한 마리아상을 제작한다.

> 이 작품을 제대로 만들기 위해서는 나의 모든 청춘을 바쳐야만 했네. 나의 방랑과 사랑 그리고 많은 여성에 대한 구애가 필요했다네. 그것은 나의 작품을 만들기 위한 샘물이지.
>
> ― 제8권, 302쪽

일생 동안 방랑하면서 만난 여성들과의 사랑은 마리아상을 만들기 위한 창조적 작업의 원천이었다. 골드문트는 그사이 만난 여성들과의 감각적 사랑을 승화시켜 대작 마리아상을 완성한다.

마리아브론 수도원은 성모께 봉헌된 수도원이기 때문에 마리아상은 이 수도원을 상징하는 조형물이다. 마리아는 '태초의 말씀'인 로고스를 낳은 성모다. 그러므로 나르치스에게 마리아브론, 즉 '마리아의 샘물'은 로고스의 젖줄이 되고, 그 '마리아의 샘물'의 원천이 골드문트에게는 에로스의 젖줄이다. 나르치스는 골드문트의 더럽혀진 손에서 비길 데 없이 아름답고 성스러운 마리아의 형상이 이루어지는 과정을 보면서 "이 방랑하는 예술가 혹은 유혹자의 가슴속에는 충만한 빛과 신의 은총이 깃들어 있다는 것을 잘 알게 되었다." 여기서 제시부에서 딸림조로 시작했던 제2주제의 조성이 재현부에서는 제1주제처럼 으뜸조가 된 것을 확인할 수 있다. 이로써 제시부와 발전부에서 보이던 두 주제 간의 대립은 완화되고 소나타는 평정을 찾는다. 재현부는 두 대립되는 주제가 드높은 차원에서 종합되는 곳이며, 으뜸조로 귀환한 데 대한, 즉 신의 세계로 복귀한 데 대한 축가를 울리는 종교의 단계이다. 아도르노T. W. Adorno도 역시 재현부를 헤겔의 의미로 지양된 것의 복귀라고 했다. 다시 말해서 아도르노는 헤겔에 의한 정신 현상학의 궁극적인 주제인 절대 지식을 재현부로 비유하고, 그것은 주관과 객관의 동일성을 종교에서 얻은 후, 모든 것을 다시 종합하는 것이라고 했다.

골드문트는 마리아브론을 상징하는 대작인 마리아상을 완성한 후, 일생의 과제인 에바상을 제작하기 위하여 다시 수도원을 떠난다. 늙은 골드문트의 카덴차cadenza[49]가 시작된다. 골드문트의 카덴차는 엄격한 수도원에서 벗어나 그 자신만의 세계로 향하는 시한부 귀향이다. 그는 새로운 방랑에서, 젊은 시절처럼 사랑으로 가득 찬 연인이 기다리는 것이 아니라 자기의 심장을 끄집어내는 죽음의 어머니가 기다리고 있다는 것을 깨닫는다. 지친, 그러나 내적으로 빛나는 모습으로 다시 수도원으로 돌아온 골드문트는 사랑과 쾌락, 행복과 죽음의 원천, 그리고 영원히 낳을 수 있고 영원히 죽을 수 있는 사랑과 무자비를 동시에 소유한 에바상의 조각을 체념한다. 대신 인류를 잉태한 원초의 어머니의 부르심에 이끌려, 죽음의 미소를 짓고 있는 사랑의 어머니에게로 귀향한다. 그에게 예술은 무상함을 극복하는 수단은 되지만 죽음에 대한 절대적인 승리는 될 수 없으므

---

49 카덴차는 대개 협주곡 악장의 끝부분에 관현악의 예속에서 벗어나 독주 악기의 기량을 자유로이 발휘하는 곳을 말한다. 관현악과 독주 악기 사이의 음악적 대화를 협주곡이라고 할 때, 독주 악기가 복잡한 관현악의 세계에서 벗어나 잠시 그 자신만의 고향으로 되돌아가는 것을 헤세는 카덴차라고 했다. 그 자신만의 세계, 순수함, 자유, 자기 본성의 독특한 법칙으로의 이 시한부 귀향은 그에게 새로운 충동과 호흡, 그리고 자신에 대한 도취의 기쁨을 준다고 했다.

로 궁극적인 목표는 아니다. 그의 궁극적인 목표는 죽음이다. 죽음은 어머니요, 애인이고, 에바와의 에로틱한 재결합이며 다시 무無 속으로, 순수함 속으로의 귀환이기 때문이다.[50] 다시 말해 죽음은 '도'로의 복귀이며 기꺼이 수용해야만 하는 최상의 종교적 체험이다.

> 어머니상을 만드는 것은 수년 전부터 가장 사랑스럽고 가장 신비에 찬 꿈이었네. 그 상은 나에게 모든 형상 가운데 가장 성스러운 상이었고, 항상 나는 나의 가슴속에 사랑과 신비로 가득 찬 모습을 지니고 다녔네. 조금 전까지만 해도 어머니상을 만들지 못하고 죽는 것은 참을 수가 없었지. … 나의 손이 어머니를 만들어 형상화하는 것이 아니고 나를 만들어 형상화하는 것이 어머니였네. … 어머니는 나를 죽음으로 유혹해서 나와 더불어 나의 꿈도, 아름다운 상도,

50 이것은 노자의 도 사상과 일치한다. 노자는 『도덕경』 1장에서 무(無)는 천지의 시초이고 유(有)는 만물의 어머니[無, 名天地之始; 有, 名萬物之母]라고 했다. 그러므로 인간을 포함한 만물은 무를 시원(始原)으로 하는 천하모(天下母)인 도에서 나온 피조물이다(52장). 16장에서는 만물이 무성하게 자라고 있으나 결국은 모두가 근원으로 돌아가기 마련[夫物芸芸, 各復歸其根]이라고 했고, 40장에서는 반대로 순환하여 복귀하는 것이 도의 활동이다[反者, 道之動]라고 언급한 것처럼 도의 작용은 시공의 제약을 받는 만물을 숭고한 사멸을 통해서 다시 시공을 초월하는 천하의 어머니인 무, 즉 도로 복귀시키는 것이라고 하겠다.

위대한 에바의 상도 죽는 것이야. 내가 손에 힘이 있다면 어머니를 만들 수 있을 걸세. 그러나 어머니는 그것을 원치 않고, 내가 어머니의 신비를 볼 수 있게 하는 것을 원치 않네. 차라리 내가 죽기를 바라네. 난 기꺼이 죽기를 바라며, 어머니가 그것을 쉽게 해 주고 있다네. … 나르치스, 당신은 어머니를 가지고 있지 않으니 앞으로 어떻게 죽을 작정인가? 어머니 없이는 사랑할 수 없으며 죽을 수도 없다네.

- 제8권, 319-320쪽

일종의 에필로그 형식인 종결부 코다가 소나타 전체를 다시 한 번 회상하며 소나타 형식을 마무리 짓고 있다. 보통 회상부Reminiscenz 라고도 하는 코다는 소나타 형식 악장의 중요한 부분으로 재현부 끝 다음에 연상되는 그 무엇을 언급하는 곳이다. 골드문트의 에필로그는 나르치스의 가슴에 불꽃을 타오르게 하면서 나르치스의 새로운 시작을 암시하고 있다. 나르치스가 걸어야 할 새로운 길은 중세 수도원을 조성으로 한 순수 정신세계인 카스탈리엔Kastalien 푸가의 길이다. 헤세 역시 나르치스와 마리아브론 안에 요제프 크네히트와 카스탈리엔의 씨앗이 이미 자라고 있다고 했다.

2) 조형 예술의 한계와 음 예술

골드문트는 즐겨 찾는 시냇가에서 싯다르타처럼 물의 신비를 인식한다. 물속의 신비는 윤곽도 없고 형식도 없으며 다양성이 내포된 아름다운 가능성만 예감할 수 있기 때문에 영혼의 신비와 같다. 그에게 물은 비현실적이고 마술적인 소재로 엮인 꿈의 세계와 같이 세계의 모든 형상이 포함된 무의 세계이다. 물의 흐름이 만들어 내는 아름다운 유희는 예술가가 만든 미와 상반된다. 이름을 붙일 수 없는 아름다운 물의 유희는 형식이 없고 신비로 가득 차 있는 반면에, 예술 작품은 전적으로 형식이 있으며 뚜렷한 언어를 가지고 있다. 그렇다면 가장 정확하게 형식화된 형태를 지니면서 가장 파악할 수가 없고 형체가 없는 신비스러움을 지닌 정신의 언어가 존재할 수 있을까? 존재한다면 아마도 이러한 정신의 언어를 조형 예술로써 표현하기에는 부족할 것이다. 유형의 실체인 조형 예술은 가시의 세계이며 현실의 세계라 할 수 있는 공간 예술이기 때문이다. 그러나 음 예술로써는 가능하다. 음악은 토마스 만이 언급한 것처럼 예술 중에 가장 신비적이면서 마성을 지닌 세계이고, 동시에 가장 질서 정연한 정신의 언어이기 때문이다.

무형의 실체인 음악은 일정한 형식 속에서 불가시 세계, 추상의 세계, 꿈의 세계를 지향하는 시간 예술이자 공간 예술이기 때문에 세계의 위대한 대립, 즉 탄생과 죽음, 선과 악, 삶과 몰락이 평화롭게 공존하는 위대한 에바의 자태를 표현하기에 가장 적합한 정신의 언어라고 할 수 있다. 헤세는 『나르치스와 골드문트』에서 단일 사상을 상징하는 에바를 조형 예술로 표현하는 것에 실패했지만 다음 작품인 만년의 대작 『유리알 유희』에서 단일 사상을 음악, 특히 푸가 기법으로 다시 한번 표현하려 시도한다. 푸가는 두 세계의 대립과 조화라는 대위법 형식의 최상이며, "구조에 있어서 모든 음악 형식 중에 가장 위대한 논리성을 가지고 있고", "작곡가 훈련의 궁극적인 단계이며 그의 기예技藝의 가장 섬세한 테스트"이다. 그러므로 푸가는 삶의 여러 단계를 거치며 대립을 용감하게, 그리고 명랑하게 조화로 이끈 크네히트의 정신적인 삶을 집약해서 담을 수 있는 유일한 형식이라고 할 수 있다.

제3장

헤세 만년의 대작 『유리알 유희』,
푸가로 읽기

『유리알 유희』[51]는 노老 헤세의 총체적 사상이 집약된 만년의 대작이다. 헤세는 몰락하고 있는 20세기의 정신문화를 직시하며 2400년경에 드러날 유토피아적 세계를 『유리알 유희』에 그렸다. 음악과 수학을 기초로 동서양의 모든 학문과 예술의 내용을 서로 관련지어 공연하는 '유리알 유희'는 실제로 존재하는 유희가 아니라 단지 하나의 비유이며 상징이다.

51 『유리알 유희』의 해설은 이미 세창미디어에서 출간한 김선형 교수의 『헤르만 헤세의 《유리알 유희》 읽기』(2014)에 자세히 설명되어 있다. 그래서 제3장은 세창출판사에서 출간한 안삼환 교수의 명저 『한국 교양인을 위한 새 독일문학사』(2016)에 필자가 '초빙 교수'로서 게재한 글을 간단하게 싣는다.

헤세는 『유리알 유희』에 고전적 인도주의 이념이 격조 높은 스타일로 예시되었다고 해서 1946년 노벨문학상을 받게 된다. 헤세는 『유리알 유희』를 음악의 구약성서라고 하는 바흐의 〈평균율 클라비어 곡집〉 구조에 담았다. 〈평균율 클라비어 곡집〉은 '전주곡과 푸가'로 구성되어 있고, 헤세가 모든 서양 음악이 만들어 낸 최상의 것이며 가장 완벽하다고 강조한 푸가 예술의 극치를 이루고 있다. 『유리알 유희』는 「알기 쉽게 설명한 유리알 유희의 역사 입문서」와 「명인 요제프 크네히트의 전기」 그리고 「요제프 크네히트의 유고」로 구성되어 있다. 미래에 공연될 유리알 유희의 성립 과정을 음악사와 음악 미학적 관점에서 구체적으로 설명한 「유리알 유희의 역사 입문서」는 푸가 기법으로 전개된 이 작품의 주부主部 「명인 요제프 크네히트의 전기」의 전주곡이 된다.

주부 「명인 요제프 크네히트의 전기」는 주제와 대주제, 주성부 聲部와 대성부로 된 거대한 푸가처럼 구성되었다. 소나타 형식이 고전주의 음악의 대표적인 형식이라면 푸가 형식은 중세 오르가눔 Organum[52]에서 시작된 가장 완벽한 대위법 형식으로 바로크 음악의

---

52 오르가눔은 9세기 중엽에 기존의 단선율에서 복선율 현상으로 바뀐 최초의 대위법 양식이다.

전형이며 바흐에 의해서 완성되었다.

푸가 형식의 구조는 주제 제시부, 주제 발전부 그리고 코다로 구성되어 있다. 소나타 형식처럼 재현부가 없다. 제시부에서는 한 주제가 모든 성부에서 한 번씩 제시된다. 발전부에서는 그 주제가 이 성부 저 성부 옮겨 다니면서 대선율에 의해 전조되거나 변형된다. 제시된 주제가 전조되거나 혹은 다른 선율적·리듬적 이념과 관계를 맺으면서 그 주제는 새로운 의미를 지니게 된다. 이때 에피소드, 혹은 간주는 각 성부에서 주제의 전조와 변형을 자연스럽게 유도하는 윤활유 역할을 하면서 주제를 보다 새롭게 해 준다. 소나타 형식은 엄격하게 짜여진 규칙에 따라 전개되지만 푸가는 자유로운 규칙하에 전개되므로 무한한 발전 가능성과 자유 정신이 내재되어 있다. 이러한 푸가 예술이『유리알 유희』의 기법과 정신이다.

2400년경에나 출간될「명인 요제프 크네히트의 전기」를 보자면, 어린 크네히트가 라틴어 학교에 다닐 무렵, 노老 음악명인이 새로운 시대에 기여할 엘리트를 선발하기 위해 정신세계의 소小국가 카스탈리엔의 교육촌으로부터 파견되어 크네히트를 찾아오는 것으로 시작되고 있다. 카스탈리엔의 주요 교육은 음악과 명상이기 때문에 엘리트를 음악으로 선발한다. 둘은 푸가를 연주한다. 크네히트가 바이올린으로 하나의 선율을 제시하면 음악명인은 클라비어[53]로

응답한다. 음악명인이 크네히트가 제시한 푸가의 주제와 그 주제에 의한 변주를 연주할 때, 크네히트는 푸가에 담겨 있는 정신이 "법칙과 자유, 지배와 봉사의 다정한 조화"라는 것과, 그 푸가가 바로 앞으로 전개될 자신의 삶의 과정이라는 것을 예감한다.

음악명인은 언어가 아니라 순전히 음악으로 지도하면서 크네히트를 카스탈리엔으로 인도한다. 카스탈리엔의 영재 학교에 진학한 크네히트는 역시 음악명인의 음악을 통해 계속해서 다음 단계인 명상을 배운다. 동양의 향기가 나는 명상은 『싯다르타』에서와 같이 침잠을 통하여 원천으로의 길, 불안과 갈등에서 안정과 조화의 길로 가는 수단이 된다. 음악명인은 클라비어로 푸가를 연주하는 가운데, 크네히트는 명상 속에서 푸가의 주제와 그 대선율이 하나의 아름다운 형상으로 변하여 대립과 조화 속에서 끊임없이 발전하여 세계의 중심으로 향하고 있음을 깨닫는다. 푸가에서 주선율과 대선율이 만든 아름다운 대위법적 화성과 같이, 음악명인은 명상을 통하여 상대적인 것을 적이 아니라 친구로서, 단일한 존재의 양극 중 하나

---

53 독일어로 클라비어(Klavier)는 건반악기(쳄발로, 클라비코드, 피아노)의 총칭이다. 피아노는 바로크 시대 이후에 개량된 건반악기다. 『유리알 유희』의 음악적 배경은 바로크 시대이기 때문에 음악명인(바로크 시대의 위대한 음악가 바흐를 모델로 한 음악의 성자)이 연주한 악기를 피아노라고 하지 않고 건반악기의 총칭을 의미하는 클라비어로 번역했다.

로 인식함으로써 변증법적으로 발전해 나가는 것이 삶의 유리알 유희라는 것을 가르쳐 준다.

영재 학교에서 음악명인을 통한 크네히트의 수업 시대는 끝나고, 드디어 크네히트는 카스탈리엔의 심장부이며 유리알 유희의 거대한 자료 보관소가 있는 발트첼Waldzell(숲속의 승방)에 들어서며 푸가의 발전부인 그의 편력 시대가 시작된다. 여기서 크네히트는 악기 연습과 음악 이론, 음악사 연구에 깊이 몰두한다. 그는 음악사를 통해 진정한 음악은 정신과 자연의 종합이라는 사실을 인식한다. 이러한 음악의 양극처럼, 크네히트는 카스탈리엔의 손님이며 바깥 세상 출신인 플리니오 데시뇨리Plinio Designori와 대립한다. 데시뇨리는 크네히트의 첫 번째 대선율이다. 두 사람의 만남은 스콜라적인 정신과 혼돈적인 자연의 대립이다. 이처럼 처음으로 대립하여 정신적 위기를 맞이할 때, 음악명인은 바로크 음악가 가브리엘리의 소나타를 클라비코드Klavichord로 연주하는 동시에 명상으로 크네히트의 영혼을 치유해 준다. 그 결과 대립된 두 주제의 음악이라고 할 수 있는 크네히트와 데시뇨리의 우정은 화해할 수 없는 두 세계의 투쟁에서 하나의 협주곡으로 승화된다.

발트첼을 떠나면서 크네히트는 자유로운 연구 기간을 맞아 대나무 숲(竹林)에 은둔하고 있는 노형老兄을 찾아간다. 명상적 삶의 전형인 은둔자 노형은 현대 서양 문화의 상대 극極으로서 옛 중국의 지혜와 음악을 대표한다. 크네히트는 두 번째 대선율인 노형 곁에서 공자, 『주역』 그리고 옛 중국 음악에 몰두한다. 크네히트는 하나의 도道에서 유래된 옛 중국 음악을 통해 유리알 유희의 음은 세계의 가장 내면적인 신비와 상통하는 '성스러운 언어lingua sacra'라는 것을 깨닫는다.

카스탈리엔 최고의 엘리트가 된 크네히트는 두 종단의 교류를 위해 베네딕트회 수도원으로 파견된다. 이 수도원에서 크네히트는 세 번째 대선율인 야코부스 신부Pater Jacobus(역사가 야코프 부르크하르트Jacob Burckhardt를 모델로 한 인물)를 만난다. 베네딕트회의 가장 정통적인 역사가 야코부스 신부는 그에게 역사 의식을 일깨워 준다. 야코부스 신부를 통해서 크네히트는 정신만 추구하는 카스탈리엔이 절대적 가치로 영원히 존재하는 것이 아니라 언젠가는 역사적 존재로 사라질 위험성이 있음을 아울러 깨닫는다.

드디어 크네히트는 토마스 폰 데어 트라베Thomas von der Trave(헤세가 독일 최고의 지성인으로 존경하고 있는 토마스 만을 지칭한 것임. 트라베는 토마스 만의 고향 뤼벡으로부터 트라베뮌데로 흘러드는 강)에 이어 카스탈리엔 최상의 지위인 유리알 유희의 명인이 된다. 명인위位 수여식 축하 음악이 음악명인이 참석한 가운데 파이프 오르간으로 연주된다. 명인이 된 크네히트는 카스탈리엔의 무상성을 예감한다. 그 무상성을 카스탈리엔의 전형인 테굴라리우스Fritz Tegularius(니체를 모델로 한 인물)에게서 발견한다. 테굴라리우스는 크네히트의 마지막 대선율이 된다. 크네히트는 극단적인 유미주의를 추구하는 카스탈리엔 최상의 인물 테굴라리우스에게서 몰락을 경고하는 징조를 발견한다. 유리알 유희의 명인으로 그가 해야 할 임무는 카스탈리엔을 혼자만의 정신세계로 고립시키는 것이 아니라, 외부 세계와의 활발한 합주를 촉진하는 것이란 판단 아래 그는 카스탈리엔을 떠나 현실 세계로 나간다. 세계에 나간 크네히트는 옛 친구 데시뇨리의 아들 티토Tito의 가정교사가 된다. 드디어 크네히트는 정신세계를 대표하는 카스탈리엔 최상의 지위인 유리알 유희의 명인Magister Ludi이면서 티토의 봉사자Knecht로 지배와 봉사가 하나 되는 완벽한 삶의 푸가를 완성하게 된다. 이러한 양극의 단일성은 크네히트가 어린 시절 음악명인과 함께 푸가를 연주할 때 이미 예감했던 것이다. 대선율에 의해 주선율이 변형, 발전되는 푸가(라틴어 fuga는 날아다닌다는 의미로, 푸가를 둔주곡遁走曲이라고도 함)처럼, 크네히트는 데시뇨리, 노형, 야코부스 신부, 테굴라리우스를 통해 각성되어 한 단계 한 단계씩 발전하며 자기완성에 도달하는 것이다.

노스승 크네히트에게 황금빛 명랑성을 이어받은 티토는 고산지대에 있는 호숫가에서 밝아 오는 태양을 보며 마술적인 춤을 춘다. 아침 태양을 맞이하는 티토의 엄숙한 춤은 새로운 시작을 암시하는 태양에 대한 예배이자, 동시에 현자이면서 음악가, 신비로운 영역에서 온 마술적 유리알 유희의 명인에게 바치는 성례聖禮이다. 크네히트는 티토의 황홀한 춤을 본 후, 차디찬 호수 속으로 사라지면서 전설의 단계로 넘어간다. 크네히트는 노 음악명인처럼 음악으로 성화되어 어린 티토의 내면에서 지금까지 요구한 것보다 훨씬 더 위대한 것을 요구할 것이다.

헤세는 마지막 대작『유리알 유희』로 토마스 만을 이은 독일 작가로서 노벨문학상을 받게 된다. 작품이 출간되었을 때, 헤세와 오랫동안 형제처럼 지내면서 시대적 고통을 함께했던 토마스 만은『유리알 유희』의 서문이 마치 자신이 쓴 작품처럼 친근할 뿐만 아니라『유리알 유희』의 이념과 형식 또한 자신이 구상하고 있는 작품(『파우스트 박사』)과 유사하다는 것이 몹시 놀랍다고 했다. 성향이 다른 두 작가의 만년의 대작은 대위법의 음악처럼 다르면서도 같고 같으면서도 다르다. 제2차 세계대전의 참혹함 속에 집필된 두 대작은 독일의 예술가 소설로서 시대비판 소설이라는 공통점을 갖고 있지만, 스타일과 기법, 시선의 방향은 정반대이다. 헤세는『유리알 유희』의 이념을 미래의 새로운 세계에 두었지만, 토마스 만은 시선을 과거인 중세의 파우스트 전설에 두고『파우스트 박사』를 창작했다. 다시 말해 토마스 만은 독일 정신의 전형을 중세의 전설적인 인물인 파우스트로 보고 괴테처럼 신학자가 아니라 음악가를 주인공으로 『파우스트 박사』를 창작했다. 파우스트가 독일 정신을 대표한다면 그는 당연히 음악가이어야 한다고 생각했기 때문이다.

기법적인 면에서도 헤세는 과거의 전통적인 음악 기법인 바흐의 푸가 기법에 시선을 두었지만 토마스 만은 현대 음악 기법인 쇤베르크의 12음 기법에 시선을 두었다. 푸가 기법이 건축적이라면 무조성의 12음 기법은 해체적이다. 헤세는 바흐의 푸가 기법으로 주인공의 삶을 전개했고, 주인공은 유리알 유희의 명인이 되어 대규모의 공식적인 축제를 개최할 때 공자와 『주역』을 바탕으로 〈중국인 집의 유희〉를 발표해 대성공을 거둔다. 반면, 토마스 만의 주인공은 현대 음악 기법인 쇤베르크의 12음 기법을 이용해 최후의 대작 칸타타 〈파우스트 박사의 비탄〉을 발표한 후 발작을 일으켜 쓰러진다. 이런 의미에서 『유리알 유희』는 극복과 치유의 책이고, 『파우스트 박사』는 얼핏 봐서 위험과 몰락의 책이라고 할 수 있지만, 『파우스트 박사』의 심층에는 조국 독일의 야만성에 대한 통렬한 반성과 죄 많은 조국에 대해 신의 은총을 비는 노 토마스 만의 깊은 마음이 담겨 있다. 이런 그의 마음은 『파우스트 박사』의 후속 작품으로서 이중의 근친상간죄를 지은 그레고리우스가 신의 은총을 받아 교황으로까지 승화되는 과정을 그린『선택받은 사람』에서도 엿볼 수 있다.

　노년에 들어선 토마스 만과 헤르만 헤세는 둘도 없는 정신적 친구요 도반이었다. 만과 헤세, 독일의 대문호인 이 두 거장의 지혜로운 도정과 방대한 사상이 집약된 두 소설『파우스트 박사』와『유리알 유희』는, 동서양의 원리가 뒤섞인 가운데 복잡다단한 21세기를 살아가고 있는 한국인의 지적 교양과 삶의 수준을 한층 더 고양하는 데에도 이바지할 것으로 생각된다.

1877   7월 2일 독일국 슈바벤 뷔르템베르크의 소도시 칼브에서 아버지 요하네
　　　스 헤세와 어머니 마리 군데르트 사이에서 탄생.

1881-1886   부모와 함께 스위스의 바젤에 거주.

1883   아버지가 스위스 국적을 취득(이전에는 러시아 국적이었음).

1886-1889   고향 칼브로 돌아와 실업 학교에 다님.

1890-1891   괴핑겐에서 라틴어 학교에 다님. 신학자(목사)가 되기 위한 첫 관문
　　　인 뷔르템베르크 국가 시험에 합격. 이를 위해 아버지는 뷔르템베르크
　　　국적을 취득.

1891   마울브론 신학교 입학.

1892   시인이 되겠다는 결심으로 3월에 신학교 중퇴. 6월에 짝사랑으로 인한
　　　자살 기도. 바트 볼에 있는 블룸하르트 목사의 병원에서 치료를 받음. 이
　　　어 렘스탈에 있는 요양원에 입원. 11월에 칸슈타트 김나지움에 다님.

1893   10월 중등학교 자격 시험을 치른 후 학업 중단. 에슬링겐에서 서점 직원
　　　이 되었으나 이틀 만에 그만둠.

1894-1895   고향 칼브에 있는 페로트 탑시계 공장에서 견습 사원으로 일함.

1895-1898   튀빙겐의 헤켄하우어 서점에서 점원 및 서적 분류 조수로 일함.

1899   첫 시집 『낭만의 노래Romantische Lieder』와 산문집 『한밤중 뒤의 한 시간Eine
　　　Stunde hinter Mitternacht』 출간. 바젤의 라이히 서점으로 옮김.

1901 첫 번째 이탈리아 여행(피렌체, 라벤나, 베네치아). 『헤르만 라우셔의 유작과 시
      Hinterlassene Schriften und Gedichte von Hermann Lauscher』출간.

1902 어머니에게 바친 『시집*Gedichte*』출간, 그러나 출간 직전에 어머니 사망.

1903 서점 근무를 그만두고 두 번째 이탈리아 여행.

1904 『페터 카멘친트*Peter Camenzind*』를 발표하여 명성을 얻음. 이 작품으로 빈
      농민상*Wiener Bauernfeldpreis*을 수상. 전기적 연구서 『보카치오*Boccaccio*』와 『프
      란츠 폰 아시시*Franz von Assisi*』출간. 토마스 만과의 첫 만남. 9세 연상인 마
      리아 베르눌리와 결혼하여 보덴 호수 근처의 작은 마을 가이엔호펜으로
      이주. 이때 음악가 오트마르 쇠크, 프리츠 브룬, 폴크마르 안드레아에, 그
      리고 화가 알베르트 벨티와 교제.

1905 첫아들 브루노 탄생.

1906 『수레바퀴 밑에서*Unterm Rad*』출간.

1907 단편집 『이 세상*Diesseits*』출간. 가이엔호펜에 새 집을 짓고 이사. 1912년
      까지 월 2회 발행 잡지 『3월*März*』의 공동 발행인으로 일함.

1908 단편집 『이웃 사람들*Nachbarn*』출간.

1909 둘째 아들 하이너 탄생. 취리히, 독일, 오스트리아 강연 여행.

1910 장편 『게르트루트*Gertrud*』출간.

1911 음악가 프리츠 브룬, 오트마르 쇠크와 함께 바흐의 〈마테 수난곡〉 공연
      을 듣기 위해 이탈리아로 여행, 이때 성악가 일로나 두리고를 알게 됨. 시
      집 『도상에서*Unterwegs*』출간. 셋째 아들 마르틴 탄생. 화가 한스 슈트르체
      네거와 인도 여행.

1912 단편집 『우회로*Umwege*』출간. 독일을 떠나 스위스 베른 근교에 있는 작고
      한 화가 알베르트 벨티의 별장으로 이사. 로맹 롤랑과의 교제.

1913   여행기 『인도에서*Aus Indien*』 출간. 화가 프리츠 비트만과 음악가 오트마르

쇠크와 이탈리아 여행.

1914   화가 소설 『로스할데*Roßhalde*』 출간. 제1차 세계대전이 시작되자 자원 입

대했으나 시력 때문에 복무 불가능 판정을 받고, 베른의 독일 포로 후생

사업에 적극 가담.

1914-1919   『독일 포로 신문』을 발행하여 프랑스, 영국, 러시아 그리고 이탈리

아에 있는 전쟁 포로들에게 보냈고, '베른 독일 전쟁 포로 문고 센터'를 운

영하여 독일 포로들에게 읽을거리와 서적 제공. 독일, 스위스, 오스트리

아의 신문과 잡지에 수많은 반전적 내용의 정치적 기사와 논문, 그리고

공개서한을 발표.

1915   폴크마르 안드레아에가 작곡한 오페레타 〈로미오와 줄리아*Romeo und Julia*〉

의 대본을 마무리. 소설 『크눌프*Drei Geschichten aus dem Leben Knulps*』, 시집 『고

독한 사람의 음악*Musik des Einsamen*』, 단편집 『길가에서*Am Wege*』 출간.

1916   단편 「청춘은 아름다워라*Schön ist die Jugend*」 출간. 부친 사망, 아내와 막내

아들 마르틴의 중병으로 인해 정신적 위기에 빠짐. 루체른 근교의 존마

트에서 요양하는 동안 융의 제자인 랑 박사에게 정신과 치료를 받음.

1917   융과 최초의 만남. 이 만남 후에 융의 분석심리학이 헤세에게 큰 영향을 줌.

1919   에밀 싱클레어라는 필명으로 『데미안*Demian*』 출간. 이 작품으로 폰타네

문학상을 수상하게 되지만, 원래 이 상은 신인 작가에게 수여되는 것이기

때문에 헤세는 자기의 이름을 밝히고 상을 되돌려 줌. 『동화집*Märchen*』, 단

편집 『작은 정원*Kleiner Garten*』, 정치 평론집 『차라투스트라의 귀환*Zarathustras
Wiederkehr*』 출간. 가족과 헤어져 스위스 테신의 몬타뇰라로 이주해 카무치

별장에 거주. 수채화를 그리기 시작.

1919-1922 리하르트 볼테레크와 공동으로 월간지『생명의 절규*Vivos Voco*』발간.

1920 시와 수필에 자신의 수채화를 삽입한『방랑*Wanderung*』및『화가의 시 *Gedichte des Malers*』출간. 3편의 단편(「어린이의 영혼*Kinderseele*」, 「클라인과 바그너*Klein und Wagner*」, 「클링조르*Klingsor*」)을 모은『클링조르의 마지막 여름*Klingsors letzter Sommer*』출간. 후고 발 부부와 첫 만남. 오트마르 쇠크를 방문.

1921 『혼돈 속으로의 조망*Blick ins Chaos*』, 『시선집*Ausgewählte Gedichte*』그리고『테 신에서의 수채화 11점*Elf Aquarelle aus dem Tessin*』출간.

1922 '인도의 시'『싯다르타*Siddartha, Eine indische Dichtung*』출간.

1923 『싱클레어의 비망록*Sinclairs Notizbuch*』출간. 첫 부인 마리아 베르눌리와 이혼.

1924 스위스 국적을 다시 취득. 스위스 작가 리자 벵거의 딸인 루트 벵거와 재혼.

1925 『요양객*Kurgast*』과 루트 벵거에게 바친 사랑의 동화「픽토르의 변신*Piktors Verwandlungen*」출간. 이해부터 베를린 S. 피셔 출판사에서 단행본으로 된 『헤세 전집』을 출간하기 시작함. 토마스 만을 방문.

1926 『그림책*Bilderbuch*』출간. 프로이센 예술원 회원에 피선(1930년에 탈퇴).

1927 『뉘른베르크 여행*Nürnberger Reise*』과『황야의 이리*Der Steppenwolf*』출간. 50세 생 일을 기념하여 후고 발이 쓴『헤세 전기』출간. 루트 벵거와 이혼.

1928 수상록『관찰*Betrachtungen*』, 시집『위기*Krisis*』출간.

1929 시집『밤의 위안*Trost der Nacht*』과 산문『세계 문학의 도서 목록*Eine Bibliothek der Weltliteratur*』출간.

1930 『나르치스와 골드문트*Narziß und Goldmund*』와 단편집『이 세상』증보판 출 간. 프로이센 예술원 탈퇴.

1931 예술사가인 니논 돌빈과 결혼. 1919년 이후 살아왔던 카무치의 집을 떠

나 친구인 한스 보드머가 지어 준 몬타뇰라의 새 집으로 이사. 『유리알 유
희Das Glasperlenspiel』 집필 시작.

1932 『동방 순례Die Morgenlandfahrt』 출간.

1933 단편집 『작은 세계Kleine Welt』 출간.

1934 시선집 『생명의 나무에서Vom Baum des Lebens』 출간. 토마스 만이 요양 중
인 헤세를 자주 방문.

1935 『우화집Fabulierbuch』 출간. 동생 한스 자살.

1936 전원 시집 『정원에서의 시간Stunden im Garten』 출간. 고트프리트 켈러상 수상.

1937 『회고록Gedenkblätter』, 『신시집Neue Gedichte』 그리고 시구로 된 어린 시절의
회상기 『불구 소년Der lahme Kind』 출간. 토마스 만을 방문.

1939-1945 나치에 의해 독일에서 헤세 작품이 출판 금지됨. 주어캄프와 합의
하여 취리히에서 『헤세 전집』이 단행본으로 계속 출간.

1942 최초의 시전집인 『시집』 출간.

1943 『유리알 유희』 출간.

1945 시선집 『꽃가지Der Blütenzweig』, 새로운 단편과 동화를 모은 『꿈 여행
Traumfährte』 그리고 미완성 소설 『베르톨트Bertold』 출간.

1946 전쟁과 정치에 관한 시사 평론집 『전쟁과 평화Krieg und Fried』 출간(죽은 벗 로
맹 롤랑에게 바친 것임). 프랑크푸르트시의 괴테상과 노벨문학상 수상.

1947 베른대학교에서 명예박사 학위를 받음. 고향인 칼브의 명예시민이 됨.

1950 토마스 만 방문. 브라운슈바이크시의 빌헬름 라베상 수상.

1951 『후기 산문집Späte Prosa』과 『서간집』 출간.

1952 75세 생일을 기념하여 6권으로 된 『헤세 전집』 출간.

1954 『헤세와 롤랑 서신 교환집』 출간.

1955 『주문Beschwörungen』 출간. 독일 출판협회의 평화상 수상.

1956 헤르만 헤세상 제정됨. 토마스 만 사후에 취리히에서 토마스 만 학회가 창립되어 이 학회의 창립 회원이 됨.

1957 『헤세 전집』이 7권으로 증보 출간.

1961 시선집 『단계Stufen』 출간.

1962 85세 생일을 기념하여 몬타뇰라의 명예시민이 됨. 8월 9일 뇌출혈로 몬 타뇰라에서 별세. 8월 11일에 성 아본디오 묘지에 안장됨.

1968 『헤세와 토마스 만 서신 교환집』 출간.

1970 『헤세 전집』이 12권으로 증보 출간.

2001 『헤세 전집』이 20권으로 증보 출간.

헤세 연보

1. 일차 문헌

Hesse, Hermann, *Gesammelte Werke*, 12 Bde., Frankfurt a. M. 1970.

_____, *Die Gedichte*, 2 Bde., Frankfurt a. M. 1977.

_____, *Musik, Betrachtungen, Gedichte, Rezensionen und Briefe*, Hrsg. v. Volker Michels, Frankfurt a. M. 1984.

Mann, Thomas, *Gesammelte Werke*, 13 Bde., Frankfurt a. M. 1974.

Novalis, *Novalis Schriften*, 3 Bde., Hrsg. v. Hans-Joachim Mühl und Richard Samuel, Stuttgart 1977.

2. 이차 문헌

Adorno, Theodor W., *Dissonanzen, Einleitung in die Musiksoziologie*, Bd. 14, Frankfurt a. M. 1980.

Ball, Hugo, *Hermann Hesse, Sein Leben und sein Werk*, Frankfurt a. M. 1977.

Böhme, Wolfgang (Hrsg.), *Suche nach Einheit, Hermann Hesse und Religion*, Karlsruhe 1978.

Bollnow, Otto Friedrich, *Unruhe und Geborgenheit*, Stuttgart 1953.

Bubmann, Peter, *Urklang der Zukunft. New Age und Musik*, Stuttgart 1988.

Carlsson, Anni, "Vom Steppenwolf zur Morgenlandfahrt". In: Hugo Ball, *Hermann Hesse, Sein Leben und sein Werk*, Zürich 1947, S. 249-271.

_____ (Hrsg.), *Hermann Hesse-Thomas Mann Briefwechsel*, Frankfurt

a. M. 1972.

Cheong, Kyang-Yang, *Mystische Elemente aus West und Ost im Werk Hermann Hesses*, Frankfurt a. M. 1981.

Dürr, Werner, *Hermann Hesse, Vom Wesen der Musik in der Dichtung*, Stuttgart 1957.

Freedman, Ralph, *The Lyrical Novel*, Princeton 1963.

Goethe, Johann Wolfgang von, *Faust, Goethes Werke*, Bd. 3, Hamburg 1982.

Hsia, Adrian, *Hermann Hesse und China*, Frankfurt a. M. 1974.

Jahnke, Walter, *Hermann Hesse, Demian*, Paderborn 1984.

Kamien, Roger, *Music, an appreciation*, New York 1988.

Karalaschwili, Reso, *Hermann Hesses Romanwelt*, Köln 1986.

Kirchhoff, Gerhard, "Josef Knechts Leben aus dem Geist der Musik". In: *Hermann Hesses Glasperlenspiel. 4. Internationales Hermann-Hesse-Kolloquium in Calw 1986*, Gengenbach 1986.

Köhler, Lotte, "Hermann Hesse". In: *Deutsche Dichter der Moderne*, Hrsg. v. Benno von Wiese, Berlin 1975, S. 118-138.

Langen, August, "Deutsche Sprachgeschichte vom Barock bis zur Gegenwart". In: *Deutsche Philologie im Aufriss*, Hrsg. v. Wolfgang Stammler, Berlin 1978.

Lee, Inn-Ung, "Hermann Hesse und die ostasiatische Philosophie". In: *Colloquia Germenica*, Bern 1975, S. 26-68.

Lee, Young-Im, *Die Idee des Dienens im Werk von Hermann Hesse*, Los Angeles 1987.

Leichtentritt, Hugo, *Musical Form*, Cambridge 1967.

Lüthi, Hans Jürg, *Hermann Hesse, Natur und Geist*, Stuttgart 1970.

Machlis, Joseph, *The Enjoyment of Music, An Introduction to Perceptive Listening*, New York 1963.

참고 문헌

Marcel, Luc-André, *J. S. Bach*, Hamburg 1963.

Maronn, Kristin, *Verskundliche Studien zur Lyrik Hermann Hesses, unter Einbeziehung der musikalischen Bildwahl der Prosa*, Hamburg 1965.

Matthias, Klaus, *Die Musik bei Thomas Mann und Hermann Hesse, Eine Studie über die Auffassung der Musik in der modernen Literatur*, Lübeck 1956.

Matzig, Richard B., *Hermann Hesse*, Stuttgart 1949.

Michels, Volker (Hrsg.), *Über Hermann Hesse*, Bd. 1, 2, Frankfurt a. M. 1976-1977.

_____ (Hrsg.), *Materialien zu Hermann Hesses Siddhartha*, Bd. 1, 2, Frankfurt a. M. 1975-1976.

_____ (Hrsg.), *Materialien zu Hermann Hesses Der Steppenwolf*, Frankfurt a. M. 1981.

_____ (Hrsg.), *Materialien zu Hermann Hesses Das Glasperlenspiel*, Bd. 1, 2, Frankfurt a. M. 1977.

Mileck, Joseph, *Hermann Hesse, life and art*, California 1978.

Mittenzwei, Johannes, "Hermann Hesses Ideal der inneren Heiterkeit durch Musik". In: *Das Musikalische in der Literatur*, Halle(Saale) 1962.

Nietzsche, Friedrich, "Zur Genealogie der Moral". In: *Sämtliche Werke*, Bd. 5, München 1980.

Ratner, Leonard G., *Classic Music, Expression, Form, and Style*, New York 1980.

Rose, Ernst, *Faith from the Abyss*, London 1966.

Scher, Steven Paul (Hrsg.), *Literatur und Musik, Ein Handbuch zur Theorie und Praxis eines komparatistischen Grenzgebietes*, Berlin 1984.

Schneider, Christian Immo, "Hermann Hesses Musik-Kritik". In: *Hermann Hesse heute*, Hrsg. v. A. Hsia, Bonn 1980, S. 76-131.

Schnitzler, Günter (Hrsg.), *Dichtung und Musik*, Stuttgart 1979.

Shaw, Leroy R., "Time and Structure of Hermann Hesse's Siddhartha". In: *Hermann Hesse*, Hrsg. v. Judith Liebmann, New York 1977.

Unseld, Siegfried, *Hermann Hesse, Werk und Wirkungsgeschichte*, Frankfurt a. M. 1985.

Waßner, Hermann, *Über die Bedeutung der Musik in den Dichtungen von Hermann Hesse*, Heidelberg 1953.

Zeller, Bernhard, *Hermann Hesse in Selbstzeugnissen und Bilddokmenten*, Hamburg 1963.

Ziolkowski, Theodor, *The novels of Hermann Hesse, A Study in Theme and Structure*, Princeton 1965.

Stein, Leon, *Structure and Style, The study and analysis of musical forms*, 박재열·이영조 공역,『音樂形式의 分析研究』, 세광음악출판사, 1983.

Stoehr, Richard, *Musikalische Formenlehre*, 대학음악저작연구회 역,『音樂形式學』, 삼호출판사, 1989.

박광자,『헤르만헤세의 소설』, 충남대학교출판부, 1998.

석지현 역주,『우파니샤드』, 일지사, 1997.

이강숙,『음악의 理解』, 민음사, 1985.

이영임,「헤세 작품에서의 〈아웃사이더〉의 문제」,『현실인식과 독일문학』, 열음사, 1991.

장기근 역,『도덕경』(세계사상전집), 삼성출판사, 1978.

최순봉,『토마스 만 研究』, 삼영사, 1981.

홍순길,『헤세 문학과 이상정치』, 목원대학교출판부, 1996.

참고 문헌